在田野里呼吸

许大伟 著

江苏大学出版社

镇 江

目录

第一章 乡 心

第二章　走　心

第三章　尘　心

第四章　净　心

第五章　修　心

1

第一章 乡 心

我不会失约,那里埋着我的根
即使外面的世界枝繁叶茂;即使
归乡的小路有多曲折;我还是
要回来,把自己交还给你

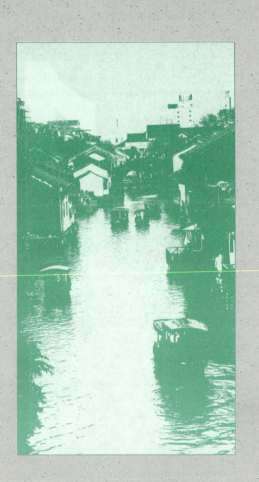

古运河有风经过

夜涂抹掉天边的夕阳,也将江南
小桥流水的水墨画,涂抹掉
古运河跌进渔火摇曳着的桨声里
等待一阵风,牵起被水浸湿的梦

水做的弄堂里,长满青苔的台阶
在月光里想着心事,沿河的街很深
路灯似一只只停顿的萤火虫,那些茶楼
将运河水泡出淡淡的茶香,淡得

如云层里泄漏的月光,照不透
那个始终等待着的桥洞,那里太多
依依的惜别飘在头顶,太多幽怨的
眼神沉入水中,飘向夜的深处

作坊背着很浓的烟柱,与织机一起喧嚣
灯影里的运河,金色缓缓地流动
岁月反复揉洗,繁华如泛白的衣裳
被悄悄路过的那阵风轻轻托起

失魂的雨,跟着风在石街行走
拧一把空气,多愁善感洒了一地
吴侬软语和着雨丝,绊住了多少
远行的脚步,河岸的分量越来越重

在点燃的暮色里回来,青石板
记住了我的鞋子,大大小小的尺码
看我的眼神很深邃,就像母亲
泪滴里的背影,掉在经过的一阵风里

清名桥的雪

那座很老的桥，抚过很多手
栏杆长出的茧透亮而坚硬
一级级石阶，走过繁华和落寞
将每一段沧桑，刻进每一个坑洼

不期而遇的雪，安慰了你的苍老
穿着婚纱的新娘，与你一样靓丽
洁白和细腻，让古运河不肯眨眼
纷飞的雪花知道，谁是你的新郎

一叶扁舟，一片飘在运河里的雪
划过你的心里，漾开的涟漪
将一河的心事揉皱，也将你的影子
悄悄带走，留给你越来越小的背影

不肯举步，你做的梦太深
雪花飘飞的镜子里，有你
当年的模样，瘦瘦的你
婷婷地等在，瘦瘦的运河上

清名桥诗韵

四百年前,你的石阶与二十岁的我
一样粗糙,布鞋、皮鞋、草鞋甚至
光着的脚丫,无数次的踏过、踩过

见过,沉肩的迈步、及第的跃步
踉跄的醉步、慌乱的碎步,甚至
轩昂的方步、慢悠悠的闲庭信步

四百年的打磨,磨成了五十岁的我
光滑的外表,能照见世间百态的影子
也能照见,自己内心的样子

你的脊背,走过前呼后拥、走过衣锦还乡
走过挑夫、走过买菜的老妪
甚至被押解的犯人、四处流浪的游子

有人蹲拍你雪落的身影、灯影里的漫姿
有人对你垂泪长叹,有人对你品茶听曲
有人当面谈情说爱,或者撒泼耍横

你却四百年保持沉默,摆出一个
不变的姿势,始终躬身向下
听水流舟行的跫音,观映月静波的梵文

读四百年的历史,思考着的江南
修行着的江南,在风雨里穿行
一个觉悟的江南,浓缩进了你的背影

惠山古镇(组诗)

惠山古镇

三月的雨细过晨雾
青瓦和飞檐浮起来
在梦可以触及的地方

青石板托着窄窄的雨巷
五色的伞似花
开在柔软的肩头

沿街的窗穿过江南的古韵
悄悄地打开半扇
羞涩的笑就藏在背后

小桥挽起村东和村西的手
将那些牵挂和相思
送了一程又一程

古寺的钟声不想惊醒小镇
古杏怀里的小鸟却起得很早
高声朗读着早春的诗意

碑亭的青石板留不住
帝皇远去的脚步
石牌坊依旧诉说着往日的荣耀

后花园的小桥流水
不改当年的模样
闺房的琴声还在为谁弹唱

一声吆喝透着葱花的香味

母亲手里的几枚硬币
让童年的回忆有滋有味

茶楼被茶客泡得热气腾腾
故事和新闻源源不断
悠闲地围着方桌

二胡悠扬的旋律响起
惠山和运河成了一幅画的底色
古镇穿过雨雾,淡然地走入

观元宵灯会

冬眠的熊被元宵的月亮唤醒
大摇大摆地走进夜色
停在那条老街的树杈上

兔子的耳朵很长
想听清舞台上抑扬顿挫的唱词
顺着廊檐攀在了屋檐下

星星不再隐在月光的背后
被童年的手牵着
一闪一闪地挤进了人流

猴蹿起来,站在人群的头顶
金箍棒忽明忽暗,指着前路
神话便走进了现实

金蛇不再躲躲闪闪
盘在沿街的门帘
老街里一团团喜气在流动

龙游过了千年的热闹

在沸腾的人声里飞舞
吉庆与祥和在夜空里绽放

戏台将千年的故事翻开
一张张熟悉的脸谱
顺着喧嚣的锣鼓登台亮相

古镇戴上了面具
踩着高跷和少年狂欢
老井蹲在一边，看得没了睡意

连着运河的河浜

古镇的温婉是你洗出来的
江南女子的灵秀和柔美
也是你洗出来的

你把桥头的离别，洗得有了
春雨的伤感，你把归乡的
相聚，洗得有了春雨的缠绵

繁华和落寞，风雨和苦难
被你漂洗成了水样的日子
透明而纯净，平和而自然

今天，明媚的阳光不用洗
清新的空气也不用洗
你怀里的古镇，一尘不染

宝善石桥

河东、河西，你轻柔地穿缀
古镇，成了江南的一袭丝巾
系在运河精致的肩膀上

送走了多少离乡的背影
那些衣锦还乡的故事
留给了祠堂和牌坊

你依旧,在镇口等待
背影,成了游子的梦
心弦,拨一下就颤一下

此刻,杏叶把秋意染得金黄
静静的河面,照出我的影子
也将你的褶皱照得清清楚楚

直街青石板

你是古镇的骨头
一块块连成古镇的骨架
支撑着古镇,走到今天

帝皇、鸿儒、巨贾
再尊贵的脚步,默默担起
平民、乞丐、蝼蚁
再卑微的身份,从不睥睨

以风洗面,以雨沐身
古镇的筋骨柔韧而硬朗
沧桑成了茶馆里的一壶茶

岁月为你穿上了苔衣
时光打磨了你的棱角
你的心,始终不肯倾斜

惠山寺古杏

这满地的金黄,让孕育了

整整一年的思想,孵化

古寺的钟声,听进了心里
在深秋里,将禅意一叶叶复述

走近你,就走进了一片安详
迟早都会成为你飘落的一枚

你在秋风之外等候,清扫
成为你翻阅昨天的一种仪式

再多的语言,此刻近于空泛
因为我的头顶,停着整个季节

古　井

与那棵古杏相伴
记不清多少飞花飘雪
记不清多少晨曦黄昏
面对流金般的葱茏树冠
你还是那样低矮瘦弱

总有几片好奇的杏叶
抵不住秋风的鼓动
以金色的身躯探测你的深度
你只是浅浅地一笑
没有一片,回来说出答案

几滴晨露灿若星辰
在翠鸟羽翼的灵动里
跌进你的怀抱
你依旧是浅浅地一笑
露珠的身影便走进了幽静

一群顽童忍不住新奇
喊醒树冠里打盹的雀
对着井口大呼小叫
稚嫩的脸蛋写满了失望
传回的,还是自己的声音

星星的光太羸弱
走不到你的心里
只有秋日的满月,在午夜
于你的怀里窃窃地笑
而你,脸上泛满银色的慈祥

隐在银杏树影子里的那个村落
是你养育了多年的孩子
你的甘甜,盛满了家家户户
就连那缕炊烟,离开村庄
还要回头,把你望了又望

雨　巷

五月的雨，很细很细
只留下漫天的影子
古镇开始模糊，块块石板
都是片片湿润的扉页

此刻的巷子，一条
流动的河，一把把雨伞
五彩的浮萍，缓缓地漂移
我是躲在浮萍下的鱼

屋檐，讲述着经年的往事
青瓦忍不住，流了一夜的泪
石臼装满了伤感，仍旧
不紧不慢地读秒

灯光穿不透雨幕，巷子的
深处，我不敢停留
那里住着我的昨天
被细雨淋得湿透的记忆

捡拾起，被雨水打落的
乡音，轻轻地拧一把
水一样的温润，将我
融化成，五月的一滴雨

小　河

江南的小河都是一样的
河流弯弯小桥依依
碧水清清小船悠悠

只有童年记得，门前的石桥
究竟有几级台阶
哪个台阶下还藏着外婆的童谣

只有母亲知道，绕过几个河口
那是孩子出村的必经之地
等待的身影不在了，可关切还在

只有游子念着，心中那条清流
始终映着青瓦黛墙，小舟载着
乡愁，常在月夜回家

蠡湖印象(组诗)

宝界双虹

祖孙两代的乡情
被蠡湖浇灌,愿望
在吴侬软语里生根

依山的小村不再羞涩
粉墙和黛瓦顺着山路走下来
一直走进秀水的心里

城市丢开繁杂和紧迫
放慢脚步,走近青山
山林里有放飞心情的蝴蝶

苇叶间,鹭鸟开始晚唱
夕阳挥别帆影,灯影里的桨声
用一地碎金,铺路

注:"宝界双虹"为无锡望族荣氏家族荣德生
和荣智健祖孙俩捐建的两座并列横跨蠡湖
的大桥,现为蠡湖一景。

蠡 堤

挽着桃红和柳绿
江南春的浪漫和夏的热烈
由一根长弦轻轻弹奏

枕着荷香与桂香
似喝下一樽清醇的酒
让夏夜和秋色迷醉

冬,躲在那片金色杏林的背后
顺着蜡梅的足迹
在迎春花的笑声里走远

反反复复地趟过四季
反反复复被湖水清洗
蠡堤的心情始终明媚

注:蠡堤,仿佛西蠡湖上的玉带,路在湖中,
湖在路边,为蠡湖增色不少。

西施庄

是掉落在蠡湖里的月亮
西子一定读懂了嫦娥
广寒宫里的寂寥和惆怅

轻烟和薄雾是清晨到来之前
蠡湖的一声轻叹
苇荡里栖息的鹭鸟也不曾察觉

思念,凝结成三月的雨
绵绵密密,密密绵绵
将整个江南打湿

湖光山色已渐行渐远
黄昏的渡口依旧执着,盼望
木舟,将无望的等候载走

注:西施庄,蠡湖中的孤岛,亭台楼阁、琴瑟
歌舞,传说西子曾隐于此。

曲荷堂

被荷高洁的品格吸引
在荷塘的身边驻足
与荷对视的时间久了
目光也就清峻透彻

白雪,粉饰了世界
残荷,将清心深埋
阳光,只是一瞥
凋零和肃杀便无处隐藏

盛夏,浪漫不肯缺席
荷塘已把你印在心里
你却把一池盛开的荷花
轻轻,揽在怀里

荷叶的呼吸,很轻
叶尖的那滴露珠,睡着了
红鲤,不经意探了探头
一片粉色,便漫了开来

注:曲荷堂,蠡湖渤公岛一景,紧邻渤公道,
荷塘深深、廊亭依依、荷花飘香、红鲤轻跃,
实为赏荷的好去处。

桃花季里的安阳山

安阳山很重,让万亩桃林
浮起来,浮成百里花海
让黛色的家园,沉下去
整整千年,浸润花香

安阳山很轻,阳春三月
被一枚薄薄的花瓣,托住
雨的多情与风的牵挂,让
绵绵的乡愁,将你牵走

安阳山很浓,被每一缕晨昏的
阳光涂染,山前的池塘
将山林洗成墨绿,将午夜的
星辰,洗得深邃而明亮

安阳山很淡,淡得如清晨的
一缕炊烟,粥香唤醒鸟雀
与书院一起早读,老屋藏在
桃林的背后,若隐若现

安阳山很甜,每一条皱纹
舒展成春光的和煦,每一丝微笑
都可以在七月的枝头结果
水蜜桃里藏着多少甜蜜的心事

安阳山很亲,青青的米团
回味乡村的味道,一杯米酒
醉倒在故乡的怀里,童年
在脆脆的麦饼中,迎面走来

住进山村农家

绕过那个山嘴,童年的碎片
开始拼接,漫山的竹林背后
粉墙的老屋,静静地禅修
满枝的杏果,耐不住寂寞
将一池泉水,染得碧绿生翠

小路和小溪,青梅竹马
潺潺的韵味挽住轻巧的足音
让整片竹林,含情脉脉
弯弯的山岭,含蓄了山村的羞涩
依偎,在林子深处时隐时现

炊烟,山村伸出的柔软的臂膊
将越来越低的太阳,摘下
夜,被农人粗糙的手牵着
与那条把快乐写在尾巴上的狗
一起走进,竹篱笆拦着的庭院

满天的星星,把月光瓜分
在微风里的竹叶间,捉着迷藏
一声蝉鸣,诠释了山谷的静谧
熄灭了最后一盏灯火的山村
在山的怀抱,梦做得那样温暖

清晨,被一声雄鸡的啼鸣叫醒
清炒的南瓜藤,飘香的清粥
让日子淡得,如山间的轻雾
悠长的吆喝,带着熟悉的颤音
乳名,被母亲喊得亲而又亲

在彩蝶斑斓的翅膀间，寻找
惊喜的眼神，灿若星辰
在清澈见底的池塘里，寻找
嬉水的身影，欢呼雀跃
我看见，故乡拥着童年走来

春到江南

经爱情浸泡,春风热烈
跳上山岭,山林被染绿
攀上枝头,梦想便盛开
蜂蝶走进五彩缤纷的童话
少女的季节开始怀春

被缠绵包裹,春雨多情
扭一扭腰身,柳条爆出灵感
拂一拂纤手,油菜捧出黄金
村庄隐在粉墨山水的画里
小河的情绪逐渐饱满

蓄万钧神力,春雷浑厚
惊醒蛰伏于地心的希望
焐热深植于土地的萌芽
脚步行走在节气的谱线里
田野的恋曲如此嘹亮

以阳光作引,春光明媚
把天空读蓝,映衬樱花的烂漫
将绿水滤清,记住桃花的背影
每一寸光阴都诗情泛滥
江南的春天真的来了

泄露的心事

江南被三月的一阵轻风点醒
绿了的江南剪下一枚柳枝
在轻曼的竹笛里,种植进我的
心情,今天和明天漂浮着
思绪开始变绿,与一汪清水一道
把春天荡漾开去,洗过的时光
眉清目秀,穿过蝴蝶的翅膀

花季里的往事,轻如樱花的花瓣
即使伤心,也可以似满地的落英
一样美丽,月光在花香里流淌
而江南不必感叹,几千年了
泡在吴侬软语里,越来越青春

一树桃红点燃粉墙黛瓦的相思
一抹烟绿留住小桥流水的恋情
禅寺的钟声,读懂了那缕晨雾
给远山的留白,矜持的江南
内心的热烈,被一簇盛开的紫荆
泄露

柳绿三月

一点一点的绿串起来
一串一串的绿飘起来
三月的江南很轻,轻得
可以浮在一阵清风之上

纤细的条,弯下来
弯成春堤的秀发泻下来
三月的江南很柔,柔得
可以卷进一池春水之中

春花含着春雨,绽开来
艳丽在明媚的田野流出来
三月的江南很浓,浓得
可以融入一幅水彩画里

桃红山村

一枚粉色的发簪
插在山村黛色的发髻
老屋有了十八岁的心情

蜜蜂再也守不住清静
将一丛丛吐蕊的美丽亲吻
甜蜜成了内心最大的收获

而我,在春雨浸润的山道上
被一阵淡淡的馨香绊倒
乡情悄悄绕进了那个山谷

雨里的老街

长长的街巷成了长长的河
长长的伞花,缓缓流

方方的窗户嵌入方方的画
方方的水墨,轻轻浮

静静的庭院依着静静的心
静静的相思,丝丝湿

酽酽的烟绿泡出酽酽的茶
酽酽的乡音,点点浓

纷纷的雨滴穿透纷纷的肠
纷纷的牵挂,寸寸涨

乡愁归处

儿时的梦,摇着橹出发
停靠在江边的这座城市
一停,就停了半辈子
岁月模糊了我的眼睛
可是,给我一叶小舟
我依然能,顺着那条
逶迤的小河,划向你的怀抱

淳朴的心是母亲种出来的
和青菜萝卜一样接着地气
漂泊都市,乡土成了我的病
多雨的季节,老宅常来梦里
幽深的天井,高高的马头墙
与门前叶子稀落的那棵老榉树
被思念的文火炖出一味治病的药

最美的音乐,不在那首交响里
它与我的童年一起,藏在村前那片
和爷爷一样年纪的槐树林,百灵喜鹊
还有麻雀,叫醒每一个清晨
也叫回梦里的我,与炊烟晨露
还有那轮朝阳捉开了迷藏,时光
将回忆煮开,岁月的滋味很浓

爷爷不曾失约,父亲不会失约
都走进了,田野里的那片土冈
清明我来看你们,你们也在看我
我也不会失约,那里埋着我的根
即使外面的世界枝繁叶茂,即使
归乡的小路有多曲折,我还是
要回来,把自己交还给你

稻香时节(组诗)

以感恩的姿势站立

绿色从田野褪去
秋的身后是一片海洋
金色的波浪随风的张力涌动

每一滴水就是一穗稻子
每一穗稻子都瞩目大地
以感恩的姿势站立

深深地一躬,给脚下的泥土
春寒里,用最柔软的怀抱
接纳了吐着芽尖的胚胎

慈爱引导着根须扩张
梦想从嫩黄走向油绿
星光织成的大幕在蛙声里打开

深深的一躬,给辛劳的耕耘
多少颗金色的谷粒
多少颗汗水的滋养

枝干在悉心呵护里苗壮
希望穿过风风雨雨
在手掌厚实的老茧里破壳

一出感恩的交响在田野上演
所有的稻穗都是舞台的主角
成熟让整个秋天升华

开　镰

星星对着田野挤挤眼
秋风饮尽叶尖的露珠
月牙儿放低了身子
一直走进稻浪的深处

仪式在村庄的炊烟里举行
朝阳和晨晖成了背景
金色的地平线很远很远
丰收正俯身藏在它的背后

履带迎着稻浪犁开田垅
每一颗饱满的谷粒
让生长在田野里的希望饱满
饱满的季节到处盛开饱满的笑容

新米粥香

喂养村庄的乳汁香味
和草香花香靠得很近
在炊烟的弥漫里弥漫
田野的怀抱很温暖

阳光和土壤,汗水
浸泡过后的香味
在禾苗的苗壮里孕育
在稻禾的燃烧里融化

灶台,母亲忙碌的身影
日子,流过父亲宽阔的肩胛
我的梦,把远离的田野嚼了又嚼
思乡的滋味透着新米的粥香

枕着麦香入眠(组诗)

麦浪里的村庄

田野,绿色慢慢被金色淹没
黛色的村庄,主角依然
把背影留给夕阳里的树梢
倒影已经藏进麦子的心里

炊烟,柴禾与灶膛的秘语
被一阵清风轻轻点破
麦穗很沉,郑重地点了点头
村庄开始盘点收获的心事

田埂绘成的五线谱,难懂
蝉心领神会,在高处吟唱
晒场,给阳光腾出地方
等待着麦子,登台亮相

月光和麦粒一样饱满
青蛙,哼起了摇篮曲
麦香似毯,悄悄盖过
村庄的梦乡很安详

成为一颗麦子

成为一颗麦子
希望紧贴着土地生长
午夜,轻轻踮起足尖
就可以吻到满天的星辰

在薄薄的晨雾里沐浴
露珠,折射着朝阳的光彩
清风牵着,迈开轻盈的舞步
在纯净的空气里歌唱

成为一颗麦子
希望浸润着汗水生长
在粗糙的手中播撒
顺着淳朴的目光,走向淳朴

在油绿和金黄的轮回里
感恩每一滴晶莹的汗珠
深刻每一个穿透的脚印
回报躬身大地的坚持与厚重

成为一颗麦子
希望扎根于沃野生长
在水土的温暖里滋养
根须化为田地的经脉

以挺拔的姿态,守望田畴
以芒尖的锐利,对抗
透着贪婪的觊觎
让田野的成熟麦香阵阵

枕着麦香入眠

麦田一片连着一片,那里
住着我的童年,和麦苗一样嫩绿
麦田有多宽广,我的梦想就有多宽广
枕着麦香入眠,我的童年很壮实

喜欢金色,收获前和收获后的麦田
与阳光下背上的汗珠,一个色彩

五月的希望,常常在麦香里醉倒
枕着麦香入眠,我的日子很踏实

把麦田扛在肩上,那里有我的职责
麦田一片片破碎,我的心碎成一片片
穿缀散落的麦田,我的心田才有绿意
枕着麦香入眠,我的灵魂很安稳

薄 田

那几亩薄田,质朴得让心踏实
你走过,身后一串长长的脚印
你流汗,收获一垄饱满的谷粒

高兴了,甩响牛鞭
老牛回应,悠长如庄稼地里的日子
忧伤了,吸一口旱烟
吐出烟雾,也吐出心里的郁结
忙累了,枕着田埂
背靠厚土,与天只隔着一层眼皮

在星星离开前种下希望
在星星到来后牵牛回家
一生里,陪薄田的时间真长
可与把自己交给薄田的时间比
一生的时间,真的不长

薄田里,并不孤单
朝着田垄那头,喊一声
父亲、祖父,甚至先祖,都在那里

年　味

小时候,日子很瘦很健康
粗茶淡饭拉长了肌肉纤维
油脂被奢侈挡在了门外
年味就是一碗肥肥油油的红烧肉

长大了,翅膀载着梦想飞翔
思乡过得很累,归乡路要
翻过十几个城市的阻隔
年味就是一节拥拥挤挤的火车厢

中年后,生活的脚步很凌乱
顾上顾下顾左顾右不顾自己
忙里忙外忙前忙后忙不过来
年味就是一个舒舒服服的囫囵觉

退了休,寂寞从盼望里孵化
老伴成了行路的拐棍
儿孙风筝一样放飞
年味就是一桌亲亲热热的团圆饭

我爱你，祖国

镰刀与锤头的结合是红色的
五颗金星凝聚起的力量是红色的
我的祖国，在红色的苍穹里
走出羸弱，走向繁荣富强

我爱你，在黄河壶口的轰鸣里
排山倒海的气势，将屈辱涤荡
我爱你，在昆仑绵延的群峰中
危难的时刻，始终坚挺的脊梁

我爱你，莽莽苍苍的原野
驰骋泱泱大国的气度和胸怀
我爱你，浩浩荡荡的长江
流淌五千年文明的灿烂与辉煌

在丝路前行的驼铃里，我倾听
和平的脚步与和谐的旋律激扬
在郑和出行的船队里，我体味
大洋的交流与文化的融合显彰

我从井冈到延安的跋涉里
铭记了你性格的刚毅与坚强
我从巍巍太行的烽火硝烟中
传承了你气节的不屈与凛然

我从飞驰的动车上，感受你
崛起的速度与力量
我从奔月的飞天中，共享你
迸发的活力与欢畅

我向天安门前滚滚的铁流敬礼
感慨你和平的意志势不可挡
我向风云诡谲的东海南海注目
感叹你将命运自信地执掌

祖国啊！你是我生命的骄傲
我愿成为一滴滚烫的血液
融入你红色的苍穹
共同滋养民族百年的梦想

2

第二章 走 心

出去再回来,回来再出去
心就是一座自由的桥
可以抵达更远的远
可以通往更深的深
山高水长,海阔天空

云南拾珠（组诗）

沉醉束河古镇

每一枝翠柳都是一滴绿
一条绿色的河
在窄窄的古巷里流淌

纳西姑娘，美丽的鱼
裙裾红白相间的艳丽
在绿色的河里游走

石板桥听惯了小溪的歌声
青石阶宠着盛装的新娘
把一潭美丽的风景弄皱

临河的窗，半开半合
在葫芦丝的曼妙里打盹
一枝玫瑰依着窗台怒放

青石板已留不住马蹄
普洱茶香把我的思绪泡开
在西斜的夕阳里沉醉

品读苍山洱海

苍山最柔软的情感是蓝色的
蓝色的情感都汇聚到了洱海

洱海只是一片湖，成为海
因为承载了太多苍山的情感

苍山走进洱海的心里
温暖变成翠绿的涟漪荡漾

任凭多情的风缠绕
洱海总是脉脉注视着苍山

那座古寺和方塔走过了千年
见证了一段地老天荒的爱情

而我,见到洱海在苍山的怀里
苍山在洱海的身边,紧依

感悟玉龙雪山

从镜潭走到蓝月
苍翠的绿转向宽阔的兰
我读懂了你的心事

从蓝月走到镜潭
宽阔的兰转向苍翠的绿
你读懂了我的心事

我和你的距离
是蓝月与镜潭的距离
中间还有稀薄的空气

你属于蓝月
跨过巉岩和千年冰川
顶起一片蓝色的天空

我属于镜潭
珍爱着大树和野草
根植进绿意盎然的土地

你和我都清澈见底
用不加修饰的淳朴
爱着蓝天,爱着大地

注:玉龙山脚下的蓝月湖与镜潭湖色彩正如
玉龙山顶的湛蓝与山底的翠绿。

醉在黄果树(组诗)

题记:利用春节假期,来到黄果树,美景如诗,故记之。

陡坡塘瀑布

这样的落差,很平和
就像讲述自己的心事
对着枯草,对着光秃的榆树

我在寒冬里靠近你
靠近你温柔的喧嚣
你牵着我,走向宁静

风有些冷,跟着你的心情
和岩石贴近,跌落的一瞬
我被自由的畅快包围

柔美,从不停顿的脚步里
流出,我却愿意停下脚步
作沉默的山石,与你对望

天星桥

涧水的眼里,你在天上
可以托月,可以摘星
行走的我,在仙境

山的眼里,你是跌落的星星
被伸出的双手,抱住
紧紧的,至今不肯松开

我的眼里,天设的奇迹
在山间默默修行的灵石
渡人平安地涉过险境

银链坠潭瀑布

谁掉落的银链?让山谷
多了珠光宝气,还有那些
觅宝的眼睛,发亮的眼神

更相信,是精灵的聚会
我悄悄地闯入,轻轻捡拾起
溅满一地的笑声,银铃般脆

其实,有一双灵巧的手
将一练练瀑布折叠,收进
那个神秘的漏斗,珍藏

黄果树大瀑布

站在你的高度,我犹豫
能否像你这样义无反顾
我与你的落差就在眼前

雾气是你的破碎,没有
悲情的倾诉与缠绵,面对
太阳,心中始终装着彩虹

回荡的壮歌,山鸣谷应
撞击我的心脏,升腾的豪气
冰冷的风,无法阻挡

你是这个山谷当然的主人
我的灵魂就匍匐在你的脚下
心甘情愿地接受,你的洗礼

西江苗寨

进山的路,洗涤了尘嚣
心情长出一棵绿色的树,和大山
贴近,我听到了来自灵魂的召唤

一座宫殿,山里的家园
更是山的家园,寨口的枫香树
每一片叶子,藏着先祖的呵护

你的呼吸就是山的呼吸,生长
就是山的生长,你是山的肉
山是你的灵,白水河的吟唱很低

一锤一锤砸出的米线,你跋涉的路
更是绵长的乡愁,苦难的日子
那样耐嚼,嚼出了香喷喷的味道

一针一针纤手的刺绣,是你心里的梦
更是大山的苦恋,繁杂的思绪
归于淳朴,纯朴的美好让我心颤

苗鼓的节律,大山的心跳
一群群背影,融成青山的背影
让风雨桥的情歌,婉转悠长

那盆酸汤鱼,把性格的辛辣
与日子的辛酸,煮在一起
夕阳里的吊脚楼,有滋有味

"美人靠",托着洗过的月光
宁静,在灯火阑珊里驻足
苗酒的清香中,飘着我的梦

徽州踏青

三月的眉梢扬起春意
田野铺开了花黄
硕大的花束开在大地的怀里

古村落穿越翠绿的山岭
化身一只只黑白的蝴蝶
停在金色的花蕊上

古驿道通向记忆的深处
几条彩色的纱巾
飘在弯曲的青石路上

村口的座座牌坊依旧沉默
把荣耀和凄苦留在身后
让轻若炊烟的春雨读了又读

老槐树的目光温和慈祥
将一对对牵手的情侣
送进不老的爱情传说

几支粉桃依着马头墙
被墙头的黛瓦轻轻摇动
恰似乌发里的花簪

小溪不管垂柳缠绵的挽留
只在经年张望的廊亭前
留下意味深长的微笑

而我,等在村前的池塘边
跌进村庄的倒影里
找不到回家的路

岳阳楼

用等了三十年的急迫
赶两千里路来看你
你却被关了起来,花了
八十元人民币才允许探望

楼建了被毁,毁了又建
忧乐情怀被世代敬仰
如今,明码标价
被当作风景出卖

高墙铁炮,钢城禁门
八百里洞庭无语
争先恐后,摩肩接踵
将范公的名句踩痛

烟雨蒙蒙依旧当年
浩浩荡荡仍在眼前
我却找不到一条路
与范文正公,神交

鸭绿江断桥的随思

历史突然在这里停顿
硝烟已经被蓝天白云替代
鹈鹕与白鹭把梦挂上了桥梁
那些惊涛骇浪的岁月沉入江底
鸭绿江的水面澄碧而平静

河口十里桃林斑斑点点的花红里
读出了埋在土层深处的血腥
茂密的紫葡萄藤脚下，曾经焦枯的
土壤，还有锈蚀殆尽的弹片
那座依然站在桥头的碉堡，黑沉沉
枪眼里，依然藏着当年的觊觎

月可以圆，圆得盈满江心
风可以轻，轻得温情脉脉
山可以绿，绿得生机勃勃
桥却断着，断得生硬刺痛
只有那首老歌，连接历史
将今夜带入沉思，不肯入睡

旅顺口挥不去的痛

再蓝的天,再蓝的海
再和煦的风,再美丽的风景
旅顺口啊! 有挥不去的痛

甲午的惨败,你成了流落的游子
东鸡冠山和二龙山,你的院子
碉堡和炸塌的坑道,野兽争食的战场

白玉山塔就在鼻尖,至今耀武扬威
万忠墓里,有屈辱也有气节
旅顺口啊,活着比慷慨赴死难受

强盗的监狱,修到了胸口
不屈的头颅,更多低下的头颅
和平啊! 从来就不是祈盼得来的

蓝的天,蓝的海
和煦的风,美丽的风景
旅顺口啊! 自强是必须服下的药

明仕印象

随便一座山,随便一条溪流
随便一块地,随便一个村庄
在这里,都是一道风景

随便一头牛,随便一把行走的花伞
随便一叶舟,随便一株摇曳的翠竹
在这里,都是一幅画里的亮点

每一座山在田里,每一块田在山里
溪流在婉转的笛声里曼舞
山激活了,田也青春了

激活的山是亭亭的阿妹,或者
俊朗的阿哥,绵柔的情歌对唱
把久远的岁月唱得苍翠欲滴

青春的田,生长五彩的日子
菜花的飘香,米线的劲道
在黑衣壮的舞蹈里迈向质朴与厚重

船姐撑着竹篙,一头连着碧绿
一头接着蔚蓝,身影婀娜了泛舟的心情
银铃的笑声让弯里的青山望了又望

农舍开门见山,一边鸡犬相闻
一边月弄竹影,跟着夕阳里归来的老牛
明仕啊,你比梦里的田园更田园

攀登一个特殊符号

题记:同学聚会,花5小时登顶泰山所感。

承载了太重的历史
你成了一座负担最重的山
十八盘的每一个台阶
走着步履维艰的时光

赋予了太沉的期冀
你成了一座膜拜最诚的山
庙宇站在霄汉之上
虔诚的灵魂在登天的路上

享誉了太多的恩宠
你成了一座地位最高的山
所有登峰造极的心事
明白无误地刻写在石壁

背负了太深的文化
你成了内涵最深的山
伟人的诗篇巅冠群峰
圣人的思想深刻千仞

每一阶,一个特殊的符号
被登临的汗水仔细阅读
玉皇顶,一群五十岁的目光
被不期而遇的雨,淋湿

黄山,黄山(组诗)

题记:大年夜观落日,年初一看日出;难忘黄山,以诗记之。

我可以无视,裸露的岩石
我无法无视,绵延千里的
根根经络,一直连接到我的
体内,让我看清了我的血脉

我可以不理会,一片浮云
我无法不理会,翻卷的云海
收藏了山河,将四海揽入怀中
孕育出怎样的气魄和胸怀

我可以忽略,一抹云霞
我无法忽略,朝霞簇拥的旭日
着色群山,我醉成光明顶
一枚千年不醒的岩石

我可以忘记,争艳的鲜花
我无法忘记,傲立的青松
群峰之上,独自吞云抱石
蘸雨雪风霜,书写本色

我可以舍弃,拾级而上的脚印
我无法舍弃,串联的历史诗章
与峰峦相依,透过风蚀的石壁
至今,依然感觉着厚重的分量

黄山啊,黄山
登临就是一种阅读
越读,你越是我的敬仰

黄山松

你端坐于绝顶之上
以我达不到的高度
与云对话,与石交流

你探身于绝壁之沿
以我赏不到的角度
观雪之飘逸,霜之冷峻

你生长于绝地之中
以我想不到的态度
听风的心声,雨的表白

迎客也好,送客也罢
我始终只是过客,而你
始终不曾改变主人的风骨

有雾的晨,看见了你
披着一袭洁白的轻纱
与岩,紧紧地相拥

观海石

你知道,那些溢美之辞
只是溢美者作的秀
贴在岩壁的额头
甚至经不起风雨的抚摸
从未进到过你的心里

一万年前的那些脚印
哪里去了？五千年前的
争斗还重要吗？一个闪电
就可以抹去所有的痕迹
你面朝大海,思考得太深

无论是惊呼,还是咆哮
无论是艳丽,还是晦涩
都想得到你的一丝表情
你甚至未曾睁开过眼睛
因为一睁一合那些已经不再

有人说,你是一只猴子
千万年观海不动的猴子
参透了沧海桑田的奥妙
留下依然冥顽不灵的外壳
立地成佛

梦里宏村

踏上画桥,就踏进了画里
天上是蒙蒙的细雨,脚下是
密密的涟漪,水做的宏村
浮在后山飘起的轻雾里

南湖依然明净,照出了
当年的模样,月沼依然宁静
怀揣着少女的春情,村口的
老柳树,痴痴地等到了今天

炊烟,含住臭鳜鱼的飘香
春风,端上毛豆腐的绵柔
母亲的笑脸,迎到了村口
乡愁,在熟悉的老屋驻足

雨巷里,丁香花若隐若现
楼台上,瓜子脸忽明忽暗
天井中,藏住守望的无奈
祠堂上,宣扬家训的厚重

粉墙黛瓦的亲切,在厢房里
打着呼噜,青石小路的依恋
被一壶米酒醉倒,梦呓里的
宏村,一遍遍被唤作了故乡

西递牌坊

你以青石板仰视的高度
站立在村口，马头墙
以你为荣，粉墙黛瓦中
你始终是一根标杆，将
衣锦还乡的梦，做到今天

村口的池塘，记忆依旧清晰
雨打湿了你，也打湿了
送别的母亲，你折叠了
多少时光，让青丝变成白发
送行与回归演绎解不开的轮回

与你相遇，穿越古村生长的
时空，你与那缕悄然升起的炊烟
小院里那株盛开的梅树，甚至
那条窄窄的小巷，都是一首
老歌里的音符，清纯而明亮

徽韵，沿着村边细长的石板路
走来，昨天与今天在雨雾里
相遇，你的身影定格在
含情脉脉的田野，按下快门的
一瞬，留住了无法言说的惜别

草原 草原(组诗)

长生天

长生天牵着你的魂连着你的魄
你虔诚地摘下长生天赐予的白云
做成了草原上的毡房
回家的路好长,一直通向长生天

长生天寄托着你的吉祥和安康
你把羊群赶进铺满格桑花的原野
当作长生天的白云来放牧
马头琴和长调,让长生天意味深长

鹰

落霞残阳,以苍茫做背景
你注定和那只孤独的蒙古包一样
孤独,在天际在原野

格桑花的柔情留不住烈马的脚步
彩虹的微笑就在身后,但并不是
你冲向雷电与风雨的理由

你的目光,在白云之上
西风与弯月,让你把蓝天装下
骁勇与刚烈成了翱翔的翅膀

一声长啸和你的钢爪一样锋利
撕开的晨光里,你和那个骑马的汉子
一起走进如血的朝阳

敖包

草原最显眼的标记
在虔诚的膜拜中诞生
被一个个祈愿喂养长大
即使路过的风,因你的神圣而庄重

和那轮弯月一道,把套马的汉子和
格桑花一样的姑娘牵在一起
在篝火与马头琴的浪漫里
守口如瓶,草原多了一分神秘

谁解下粉色的纱巾与彩旗呼应
吉普换成了马背,将你与羊群
在蓝天白云间定格,此时头顶
盘旋的鹰,沉默着与你对视

草原白

喝一口,阳关已在身后
残阳的苍凉,落霞的悲壮
一口干掉,篝火就在前头

喝一口,站在毡房的门口
哈达的热情,发髻的草香
一口干掉,格桑花会走进梦里头

喝一口,弯月已如钩
琴声的悠扬,长调的粗犷
一口干掉,了却多年的等候

喝一口,西风急吼吼
狼的野性,鹰的孤傲
一口干掉,与谁弯弓射大雕

喝一口,头顶雁阵掠过
驰骋的热血,出鞘的豪迈
一口干掉,重回铁马金戈

注:草原白,草原上的一种烈酒。

云和梯田

青山开出的花
绿水浇灌太淡
雨露滋养太轻

祖先的梦,搅拌
汗水的苦涩
鲜血的滚烫
一剂特效的复合肥

冰雪经不住日光的审视
云海比一阵风还轻率
大地上的刺青很深刻

老牛的脚印做针脚
深深的犁痕作丝线
皮肤的黝黑,经络的紫青
一捧最好的原料

自然界的景致
云雾里一地蛙鸣
半山中雄鸡啼唱

托出一轮旭日
在白云间耕作
与青山一起
留下背影

古村杨家堂

穿越时光,穿越都市
与一位老人对视

土墙土灶土栏
质朴得藏不住虚伪

古井古樟古道
恬静得留不住浮躁

家门家训家园
憨实得容不下奸猾

青瓦门楣院墙
经典得读不进时尚

断垣残壁危梁
固执得没办法争辩

鸡鸣菜绿茶香
悠闲得不忍心打扰

守着青山,守着历史
与世不争地独自生活

槟榔谷

那是一弯新月
停在槟榔海的港湾
波浪是一首缠绵的歌
绕着山梁飞翔

不知道黎寨播下了槟榔的种子
还是,槟榔种下了黎寨
槟榔的果实有了黎歌的甜美
黎寨的风,透着槟榔的甜蜜

雨,一个不解风情的孩子
让缠绵和缠绵握手
雾,扶着槟榔向上
叶子为心爱的人打开

我的一声叹
躲进了山背上的吊脚楼
那把雨伞,含情脉脉
在水晶样的纯净里,定格

闻一闻槟榔的味道
品一品黎寨的热情
我,成了槟榔树的影子
黎寨里,升起的那缕炊烟

愿身躯薄过晨雾
随着竹竿舞的节律参拜图腾
让喊了又喊的浑厚,伴着
面前的青山在心里生根

注定了,我的思恋
高高槟榔脚下的一盏灯
在黎锦与黎歌的碰撞里
随着月光在动

在天涯

在天涯,无路可走
盛开于心的梨花
被纤指一片一片地掰落
疼漫过心底,脸上却
盛开着浪花一样的微笑

月正圆,却照不亮前路
苦涩,在黎明到来之前
交给了槟榔叶尖的那颗露珠
晨晖即使悄悄地从身边走过
只能照见自己的影子

面对面,近在咫尺
心与心,却隔着天涯
目光里跳跃的火苗
在沉默里熄灭
涛声一遍一遍洗着伤口

等待,在空旷的海岸边凝固
一枚银针在依旧温婉的语调中
悄然扎下,海样苍白的心
一缕殷红渐渐泛起
开出一朵滴血的杜鹃

竹海听雨

那条曲曲弯弯的碎石路
带着被你热吻的感动
悄悄走进竹海的深处
也走进了夜的深处

一片片竹叶是一根根
张弓的弦,你的脚步再轻
也有轻轻的弦音,伴着
你的窃窃私语,滑落

那把花折伞已经消失在碎石路
你却始终记得,伞面
那个尽情舞蹈的舞台
伞骨的末端,那一串欢乐的歌

风,柔柔地一摇
竹的心事被你触动
幽怨地一颤,无数的梦
跌落,破碎在脚下

我,竹海里的一条鱼
被夜深深地困在海底
在青瓦温柔的读秒声里
成了一颗饱满的雨滴

那一束美丽的丁香花

千年的要塞,把那张
狼烟四起的老照片,藏在
青灰色的将军院落里
战火呛人的味道
只在记忆里一闪
那枝紫色的丁香花
用浓浓的馨香,将目光
留在流淌着阳光的晚春

沉沉的铁蹄,踩破了
横跨欧亚的马背上的帝国
草原的厚重伴着悠扬的马头琴声
还在把昨天的传奇传唱
那个挂在蒙古包里的老人
已经卸去了征战的盔甲
把微笑留到了今天
与驿站边的那株白色丁香一起怒放

那个消失了的王国,还在
贺兰山脚下哭泣
那些天书一样的文字,还在
塞上的黄土里静静诉说
苍凉漫过江南的思想
去寻找往日曾经留下的辉煌
只有路旁那束盛开的丁香花
依旧不离不弃地伴在苦雨中

在那抹红里陶醉

题记：西北之行，遇丁香花、红枸杞有感。

在那抹红里陶醉
戈壁，残阳，西风，瘦马
空旷苍凉里
感受着一丝温暖

在那抹红里陶醉
苍山，大河，高冈，黄土
豪放坦荡里
流淌着一片温情

在那抹红里陶醉
金戈，铁马，烈酒，弯刀
被一壶清茶泡开
散发着一缕温馨

在那抹红里陶醉
小桥，流水，粉墙，黛瓦
与江南的对视里
充盈着一团温和

在那抹红里陶醉
滴滴，点点，点点，滴滴
泼洒在金色的沙土里
描画着一地温婉

沙湖，和你一起宁静

当我面对你天天面对的沙丘
我的心里开始生长沙丘
而你的心里却生长着绿意

我感叹，死寂怎么可以
近距离与勃勃生机对峙
而你却在对峙中走向平静

你把天的一角揽入怀里
用血液抚养起一群群的苇子
一只只白鹭就停在你的肩膀

你的呼吸是湿润的
在这干裂的季节，我的嘴唇
已经感觉到了你的亲吻

我想象，月光在苇尖逗留的夜
你银白的心里装着同样银白的沙丘
情和恨，在你眼里是一样的色彩

很想做你的一片苇叶，或者
站得比苇叶还低的白鹭，甚至
对面沙丘底层的那粒细沙

穿过你宁静的外表
走进你宁静的内心
和你一起宁静

天池，我前世的爱

在这里与你相遇
你可是我前世的缘

你是我的一滴泪
盛在杯盏里不曾破碎

你是我的一行诗
不期而遇的灵感

你是我的一个梦
月亮般的圆润和清纯

你是我的一首歌
清泉样的委婉和执着

你是我的一丝笑
永远有着湛蓝的颜色

你是我的一声叹
平静开始和灵魂握手

在这里与你相遇
你是我前世的爱

逐　浪

月光的脚步很轻,轻得
可以走进沙滩银色的梦里
此刻海很恬静,那排椰树
沉思的目光,停留在远方

我的心开始出游,踩着浪尖
走进海的深处,那里装着
咸涩的风,残缺的月亮
几片散落开的,彩色贝壳

彩色贝壳空空的怀里,一声
轻叹,咀嚼着破碎的心事
乌云,咆哮,椰树散乱的头发
全都搁浅在今夜,默不作声

我的心跌进谷底,与一条
孤独的鱼长久对视,直到
晨踩住东方的第一缕阳光
打捞,帆丢失的影子

影子里有焦灼的眼神,还有
妈祖圣女的呵护,黝黑的臂膀
撒开的网,粗壮的纤绳一拉
墨蓝的日子,很沉很沉

我的心跳,赶上海的节奏
与那条舢板,默念起伏的港湾
在宏大的交响里,白色的音符

轻缓地从一朵朵浪花里滑落

滑进我的眼眶,模糊了海天
高高低低的节律,不肯谢幕
我的脸和椰叶一样,盛着一滴
透明的露珠,一片浓缩的海

椰 树

海的蓝,天的蓝,装满内心
骄阳的炙热,被你轻轻一摇
成了一抹清凉的绿荫

风曾经肆虐,冲过海堤的头顶
你经受了折腰的压力
将一头散乱的头发理顺

沙滩不离不弃,依偎在脚边
月圆的时候,你看到自己的
背影,清晰地烙进沙滩里

所有的感激,都厚厚地包裹
直等到焦渴,点着了沙粒
打开你内心的海,椰香阵阵

贝 壳

你是生命长句里的,标点
苍白的,粉红的,浅灰的
陈列在同一片金色海滩

不寻找任何理由,跟着潮汐
从很深处来,不言你经历的痛
一抔黄沙,将心事悄悄掩盖

你成了沙滩的云,踏着浪
在一高一低的旋律里,轻舞
留下的身影,浮想联翩

捡起,一片片薄薄的贝壳
一根丝线,密密地穿缀
眼前,生命的色彩依旧光鲜

沙 滩

宁静的时候,总有童谣
在椰子树的附和下低唱
海温顺,是你的女儿

面对滔天的咆哮,平静
将所有的灾难扛起
海暴戾,是你的女皇

一抹绯红,在朝阳里升起
依偎柔情似水,连着港湾
海艳丽,是你的爱人

海多远,你的关注有多远
海多长,你的牵挂有多长
金色的胸怀,包容了漫天蔚蓝

宿东山陆巷古村

一湖成血，那条金色的通道
行走着如泣如歌的爱情，勾践的剑
把夕阳一点点切碎，那个绝代佳人
吞下泪水，背负着江山走过

一河宁静，那场铁马金戈的厮杀
被时光的巨掌缓缓抚过，留下的印记
只是一枚安详的鱼，村庄的容颜
风平浪静，离别浓缩成一个颤音

一路茶香，那条光滑的石板路上
撞见金榜题名的少年，幽深的巷子
一直通进四书五经，高耸着的牌坊
不肯忘却，依旧回味昨日的荣耀

一山翠绿，那片舒展的枇杷林
常在吴侬软语中梦想，暮色朦胧
一袭粉衣窈窕成花，踏着五月的风
在银色的月光里，含住金色的相思

一纸黛青，那种尘世外的淡泊
和春雨有个约定，用寂静轻轻擦拭
俗念能否被今夜洗净，寒谷寺的
钟声，唤回一个明净敞亮的明天

小桥凝眸

题记:周日上午,巡塘古镇喝茶,见小桥流水有恋人合影,题诗。

秋水里的江南,将三分寒意
裁成柳梢的三分俏,行走在
长长的烟巷

青石板上的往事,光滑而圆润
被丝竹谱成了曲调,从那盏
绛红色的茶中品出滋味

秋风无骨,能否唤醒稠密的层云
在满地的桂香里,下一场心雨
打湿你撑开的花伞

凝眸的瞬间,小桥依然留着三月的春情
老街依稀记得旧时的模样,而等待
在一枚泛黄的叶子里慢慢变老

茗岭晨景

题记：假期到宜兴茗岭，住雨点小筑，晨起见美景，以诗记之。

梦蜿蜒起伏，顺着步道
一直走进朝阳的晖晕里

风藏起踪影，山村紧偎在茶林
掉进了那片沉思的碧池

露在草尖等了一夜，翠鸟
明净的音色，穿行于静静的竹尖

轻雾托住橙色的山寺，桂香如水
悄悄流经，轻闭的窗台

菜园子里的鸡鸣，叩开农舍的篱笆门
一缕袅袅的炊烟，把又一个清晨唤醒

走　心

走出去,带上标杆
测出山的高度,测出水的长度
测出海的深度,测出四季的温度
不在花香里迷失,不在孤独里走失
走出去,走得越远越好

走回来,丢弃啤酒
丢弃霓虹,也丢弃执念
丢弃所有捆绑的绳索
跨过沟壑,跃过雾障
走回来,走得越深越好

出去再回来,回来再出去
心就是一座自由的桥
可以抵达更远的远
可以通往更深的深
山高水长,海阔天空

第三章　尘　心

一首忧伤的歌一直在唱
音符散落在牛羊的嘴里
散落在车轮的屐痕里
散落在城市扩张的脚步里
席地而坐,这个月圆的午夜
带着虔诚满含泪水倾听
脉搏和呼吸从来没有这样局促

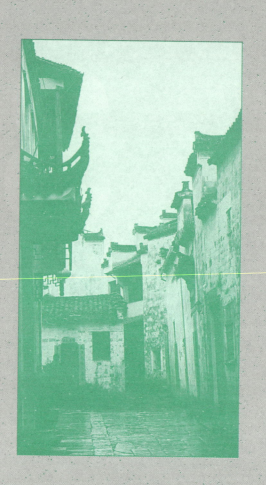

丁香花

夜色里看不见你
拂过脸颊的馨香
迷醉了似水一样柔软的梦

梦是你暖暖的怀抱
把江南的雨揽入
结成一束紫色的忧伤

忧伤写在长长的路上
在打开窗户的刹那
露出那朵美丽的丁香花

丁香花的笑声
打落一地的细雨
影子却在忧郁的眼中摇曳

摇曳将盛满的相思打翻
青青的石板巷里
谁会把你插进蝴蝶一样的发结

谁在田野里歌唱

一些事离我们很远
远得只剩下一个音符
从仰韶文化里孵化出来
经历千年的发酵
犹如一窖醇香的酒
让这个夏天在田野里
唱得如此粗犷，如此高亢

一抹色彩我们很熟悉
从黄昏的嘴边蔓延开来
天际便有了土地一样的沉重
那些匍匐在土地上的精灵
鼓般厚实的脚步与弓般弯曲的脊梁
牵着一头叫"历史"的黄牛
密密麻麻地走到今天

一群楼宇曾经如此狂放
沿着古楼兰的繁华扎根
吸着罗布泊的水长大
当田野里只剩下干涸的风
土地便用沉寂的方式
掩埋起一段辉煌，一段文明
回归洪荒

一种眼神来自昆仑之巅
让我想起母亲
专注吮吸奶头的孩子
让我想起父亲
跪求雨水的苍凉

可母亲和父亲都走了
把我们留在了昆仑脚下

一首忧伤的歌一直在唱
音符散落在牛羊的嘴里
散落在车轮的屐痕里
散落在城市扩张的脚步里
席地而坐，这个月圆的午夜
带着虔诚满含泪水倾听
脉搏和呼吸从来没有这样局促

我看到忧伤的眼神

我看到田野里忧伤的眼神
不是为了田垄上过多的
野草和稻苗边疯长的稗子
而是城市舒展的笑容背后
那个日趋蜷缩的背影

忧伤是从那条小河开始的
丰满的水草曾经丰满了
田垅的血脉,血脉里
有麦香阵阵和稻香缕缕
甚至,连蛙声都不忍远离

断流了,尽管雨水依旧丰沛
我却知道,那是小河忧伤的
眼泪,失血的田野里
没有了四季,也没有了
伴着枕边入眠的蛙声

忧伤是蔓延的病
门前铺满石阶的小路
路边高冈上的老槐
习惯了以青苔为衣的古宅
常常在我的梦里哭醒

窗台、屋角的那点绿闻不到草香
阳台上的天空很窄
窄得容不下我的梦
星星带着忧伤早已离开
我的脊背却依旧留着忧伤的眼神

看不清城市的容颜

看不清城市的容颜,煮沸的城市
一口揭不开的锅,不是因为
缺少粮食,恰恰因为一种比粮食
小得多的颗粒,越积越多

曾经的雾美好得让人向往
城市浮起来,可以通向仙境
如今的霾弥漫,让人窒息
城市沉下去,接近地狱之门

无法穿透,幻日是否是某刻
出现的幻觉,黄色让真实迷幻成
一个个移动的影子,飘来飘去
仅剩轮廓的都市,必须死守的家园

见到星星，不是件容易的事

手机的背后，有个阴谋
把世界缩小，塞进小小的屏幕
让弯曲成为常态，低下高傲的头颅
灯火阑珊的夜晚，抬头的欲望
被不知不觉地遗弃

PM2.5 的秘密，不可告人
让高楼模糊、城市模糊
让山水模糊、空气模糊
把自然交流变成黑色通道
把人们赶进屋内，与天空绝缘

要不是白天那场雨来得太急
要不是北边来的那阵风刮得太骤
将温度从春天拉回冬天，要不是
加班很晚，下意识做了仰头深呼吸
见到星星，真不是一件容易的事

那顶草帽

那顶草帽,曾是一种安慰
当毒日用火辣辣的毒舌
舔走我的血汗
至少在我的头顶飘一朵云
保持着我清晰的思维
不被煮得滚烫而迷失

那顶草帽,曾是一种宁静
当雨把世界搅得沸沸扬扬
我和田野一起沉浸雾海
至少在我的头顶撑开一把伞
人群像水一样流出田床
我的脚下却长出了根须

那顶草帽,曾是一种炫耀
当风席卷过城市和村庄
沙尘迷失了历史的眼睛
至少在我的头顶画了一道符
脚长在土里头埋进土里
留下地地道道的农民印记

那顶草帽,曾是一种关怀
当疲惫将田埂铺成床
我枕着蛙声一起熟睡
至少在我的头顶摇开一把扇
把心里一丝一丝的清凉
浇过我的脸颊和胸膛

那顶草帽,曾是一种疼痛
当脚步的漂流不再有柔软的泥土
赤足成为被文明睥睨的野蛮
至少在我的心里留着一只角
依旧在寻找一个合适的地方
不想让你成为挂在墙上的标本

那顶草帽啊,不曾远离我
那顶草帽啊,真的失去你

母亲的土地情结

乡村被城市的大潮淹没
你耕种的土地和老屋一起
在你绝望的眼神里消失
你的痛，如初春霜打的秧苗

你上了楼，你的农具不肯上楼
选择在一楼的工具间里聚会
磨刀石和豆油是你们交流的工具
你听得到他们的窃窃私语

盖楼挖出的土，堆成了土冈
荒芜的茅草荒芜了你的心田
你带着你的工具，开垦土冈
你的心里，容不得荒芜的土地

四月，土冈偎在楼群的旁边
我看到你的皱纹和油菜花
一起开放，你看着菜畦的眼神
像当年，你看着幼小的我

我心疼你佝偻的脊背和白发
用金钱阻止你奔波劳作
你像那只笼子里无神的鸟
沉默和叹息，回答着我的询问

我离开的日子，你又去了土冈
说起你的茄子、你的蒜苗
就如谈论你的子女一样
头头是道且眉飞色舞

根长在了土里，担水浇苗
你是那棵不枯萎的树，你的心里
金钱是不会发芽的种子，我与那畦
等待采摘的黄瓜，才是你的成果

六月,在一颗麦子里读到父亲

六月,在一颗麦子里读到父亲

麦芒,透过生活的沉重
扎进你的脊背,四十度的阳光
舔过,印记黝黑如脚下的泥土
铁犁的纤绳,老牛的喘声
将天边的霞,深深地嵌入肩胛

麦穗,不肯低头的脾性
融入你的血液,卑微如草
不期而遇的践踏,踩不灭的希望
宽厚与淳朴嚼烂苦涩与艰辛
每一个贫瘠的日子都春暖花开

麦秆,折射性格的坚挺
干渴的田床,奄奄一息的禾苗
信仰却不肯枯死,心血与汗水
一遍遍叩问,响雷是天公的赞叹
丰收是你的另外一个儿子

麦叶,剪出金色的梦想
一滴晨露,爱情最纯净的饰品
一杯老酒,将秋的田野醉成
五彩缤纷,浪漫的炊烟
牵着老牛,走进山坡上的夕阳

麦粒,颗颗饱满的字句
构成你的收获,寒暑你的唐诗
风雨你的宋词,岁月和土地

你的韵脚,额头那条深深的
皱纹,你最真切的朗读

麦根,生命最终的归宿
饱含你的哲学,土地的子孙
把自己还给土地,走完了
嫩绿到金黄的轮回,你就是
我紧攥不放的那颗麦子

六月,父亲就在麦浪里微笑

母亲的笑容是最好的月光

风雨和云的密谋
将月光藏匿起来
圆月从心里升起
桂香即使淋湿
依旧香得平和
透过暗夜叩开窗门

一片杏叶躺在脚边
金色已经将灵魂带走
与白云放牧的蔚蓝
一起走向纯净,走向辽阔
此时,黑暗只能包裹黑暗
无法阻隔心与澄明的交流

中秋没有明月,思念
依然挂在老榉树的树梢
听老屋与童年的私语
芋艿麦饼菱角还有红柿
八仙桌被亲情团团围坐
母亲的笑容是最好的月光

重阳节写给母亲的诗

朝阳里分娩的白天
落霞中诞生的星光
演绎着季节细微的变化
在母亲的身边,只有一个季节
温暖的春天,从来未曾变过

天之大,容纳梦想的辽阔
地之大,孕育万物的生长
母亲羸弱的身体,高不过一棵树
母亲走过的路,出不了家乡的山水
儿走得再远,依然走不出母亲的牵挂

被母亲的泪浇灌,在母亲的泪里成长
摔疼了,母亲的泪花从心里疼出来
出息了,母亲的泪花甜蜜了苦日子
归来那桌丰盛的饭菜,津津有味的儿
让母亲看得津津有味

那个望眼欲穿的背影,成了村口一道
抹不去的风景,灯下那根长长的毛线
让寒冷的冬天不再难捱,诵经的虔诚
留住了多少善良的祈愿,亲亲的母亲啊
今天要为你祈愿:娘安在,家就在

母亲的絮叨

就像那片静静的竹林
天天听着身边小溪
唱同样一首歌谣

就像那座长满青苔的老屋
天天清晨被一声声
雄鸡的啼鸣叫醒

就像村口的小树林
在晨昏绚烂的霞光里
习惯了鸟雀高声朗读

母亲的絮叨，与露珠
挂上青草的叶子
一样自然

那里有四季的冷暖
把遍遍叮嘱织进围巾
让我一路温暖

甚至隔壁孵了几只小鸡
也成了反复述说的新闻
拉近我与村子的距离

菜地里的蔬菜，堆满
我的饭碗，依旧担心
我是那只吃不饱的羔羊

那些经卷，饱含着
平安的祈祷，被你吟唱

虔诚了我的每一个生日

可是，出现频率最高的
还是我的乳名，甚至
梦里，也不曾放下

母亲的絮叨，装着
母亲的心，离别时
成了我念想的幸福

祭　奠

这个时候,我羡慕那株草
长在坟头,可以天天伴你

拔掉,就像拔掉你的一根
花白的胡子,虽然有些痛
你的笑容,与杜鹃花一样灿烂

静静地坐在你的对面,听故事的
不再是我,那些好奇的发问
被换成了默默的倾听,沉默

当年你有我,因不理解而沉默
如今我的儿子也长大了
特别能理解你了,却只能沉默

来看你,告诉你孙子的婚期
另外,就想静静地坐在你的对面
飞花时节,真的特别想你了

那支你爱抽的烟,我帮你点上了
不抽烟的我,今天陪你抽这一颗

佛 事

母亲心里住着佛,她希望佛的心里
佑这个家,成就了这场佛事

我不信佛,母亲信得虔诚
佛事是母亲的心愿,遂愿

母亲供佛,心里供着她的子孙
供着,她养育出来的这个家

诵佛声端庄悠扬,香烟缭绕
虔诚的母亲闭目合十,心无旁骛

此刻,母亲是佛,佛是母亲
母亲安在,是我今世最大的福报

把自己交给晨

有些日子，就像行走的你
专注前行的风景，并不在意
头顶那朵云，默默的关注
那片蔚蓝的天，静静的陪伴

有些背影，就像那片水
心静无澜，依旧将天的蓝
云的白映在心里，毋需理由
宁静的心境，就是一面明镜

何必在意，茶绿是否挂着露珠
也不必记住，每一朵盛开的鲜花
静静地把自己交给晨，交给自然
你便是特别的你，一个美的自己

林间背影

题记：晨，湿地公园妻子的留影，以诗配之。

每一片落叶里，住着秋季的一段情节
晨在山岭醒来之前，细细品读
柔软的草地，一袭湿了的方巾

路过的风，被密密麻麻的叶子记录
透过枝桠的阳光，深思熟虑
断成的诗行，或明或暗

背影轻过林间的薄雾，站成了
一棵树的模样，时光在回眸里醉去
却将屏息的诗意打翻，淌了一地

选择牵手

选择牵手,就握紧彼此的手
缘定今生,千年的修行终得正果
天赐的眷顾里,抒写人生百年的诗轴

选择牵手,就选择了一本书
爱情是书的主线,信任是书的扉页
彼此是这本书一辈子的读者与作者
每一个故事请精心编织
每一个情节当用心呵护
感动彼此,先从感动自己开始

选择牵手,就选择了一支曲
一个捻孔,一个吹箫
心意相通,才有和谐的节奏
把彩虹谱成乐,将风雨编成调
演绎守望相伴的生命乐章
在高山流水的美妙中慢慢变老

选择牵手,就选择了一首歌
感恩是这首歌最厚重的基调与旋律
将真诚作为前奏,善待萍水相逢的朋友
把敬重融入音调,回报恩重如山的培育
以宽容激荡回响,涵养虚怀若谷的坦荡
让孝顺成为歌谣,告慰含辛茹苦的养育

选择牵手,就选择了一幅画
一生的陪伴,是一道最温馨的风景

生命的传承中,给天伦之乐扬帆
家的港湾里,驻泊不离不弃的深情
和睦最贵重的珍宝,比翼为事业添彩
快乐最贴心的礼物,笑容让岁月放晴

选择牵手,一路不再松手
酸甜苦辣一起尝,人生起伏一同过
尽情感受生活的阳光,携手阳光的生活

一场轰轰烈烈的爱情

一朵桃花开了,十朵桃花开了
千百朵桃花开了,开出了季节的
热烈奔放与浪漫,开出了早春的
艳丽纯洁与可爱,开出了蕴藏的
内心深处萌动着的灿烂的爱情

如果可以选择,我不会以一朵桃花
甚至以一树桃花,作为爱情的表白
不要在一阵风里,让爱情戛然而止
情感似飘零的花瓣,孤独的跌进流水
让你在悲伤里感叹青春易逝情感易老

我一定选择十里花海,作我爱情的表白
我要让我的炽热与执着,点燃山川
点燃田野,点燃村庄,点燃你的眼睛
我要让踏进这片花海的你与所有生灵
久藏于心的爱情之火,一起点燃

欢迎阳光的祝福,欢迎春风的问候
即使一夜狂风暴雨,我也不选择逃避
我要让折断的枝干大声说出我的执着
我要将遍地的落英铺陈于辽阔的原野
作我最真挚的告白,让天地可鉴

我要你,因为一场轰轰烈烈的爱情
记住这个季节,因为季节的耐人寻味
记住一场轰轰烈烈的爱情,我祈愿爱情
成为一段永久的花事,被山川与田野
被你驻足的村庄记住,在这个季节复述

相遇在对面

一缕清清的风,穿过
并不秀丽的山峰,带着疲惫
和城市撞了个满怀
一扇窗和窗台吊兰上的
那滴晨露,送来一个窄窄的空间
昨天笑吟吟地走来迎接
一声叹息挽住今天的心情
一枝老了的梅树还在那里痴望
春风已经把一池春水剪乱
曾经锯裂的伤口绽着鲜绿的嫩芽
泡开后有淡淡幽香和丝丝苦涩
日子不动声色地留住脚步
长满青苔的眼睛里
铺满了柔和的月光
记忆停在那湾浅浅的酒窝
哼着古老的歌谣
妩媚地笑

暮　秋

你在一阵风里突然老去
红彤的三角枫叩不开紧闭的窗户
昨日的故事，被一枚落叶打上句号

去掉了村庄，去掉了山岭
你把世界简化成几根线条
仅留一枚红柿，作为来过的标记

飘飞的芦絮，停在你的发髻
夕阳如血，在静谧的秋水里
看见你消瘦的背影，渐行渐远

盼 雨

我用一生的思考凝望这个季节
而你，仅用轻轻的一笔
把我的一生
涂抹成一种灰色
让黄梅的雨静静地下
将我泡成一杯酸酒
在无聊的时候品尝

我的心里长着一棵树
一瓣瓣叶子已经和季节一样葱茏
每一片都是一段深藏的心事
似水的颜色如那盏门前的灯
站在你每天经过的路口
你匆匆地过
我却痴痴地望

我其实不想留住任何一片云彩
你一直就在天上
我的思绪已经泛滥成
一片静静的湖
只想在你经过的时候
照见你的影子
温柔地躺在我的心里

走近，一如夏天的脚步
离开，可有黄梅熟了的味道
这个旱透的时节
盼望你来，就是盼望
一场酣畅的雨

写给土地执法者(组诗)

题记:这是一群朝夕相处的同事,谨以此诗献给他们。

春的褒赏

在那一缕春风之前
你已经走过那片田野
此刻,春雨就在你的
脚印里安睡

暖阳下,花开了
芬芳了你的足迹
这是春天对你呵护的
最高褒赏

夏午安枕

在金色卷过的麦浪里
田野成熟了,当空的
烈日,没有一丝睡意

汗透的你,靠着树荫
枕着麦香打了个盹
做的梦,也透着麦香

秋风有意

在你的眼里，那些
带病的图斑，与飘落的
秋叶一样，需要清扫

你与秋风一起忙碌
不让深蓝的天与洁白的云
掺和进任何杂质

冬日剑光

都市里的北风
被高楼与街衢打磨掉了
棱角，不再锋利

你，是田野里的北风
冷冽的剑光划过大地
将来年的丰收种下

有些事

有些事,就像风中的秋叶
无论枝桠怎样挽留
飞舞的渴望,胜过停在
枝头的安逸,即使那么短暂
即使化为黄土,也在所不惜

有些事,就像屋顶的正梁
无论暴雪,增加多少重压
依旧选择,挺直的姿态
宁肯折断,等着坍塌的断垣
将自己掩埋,也无怨无悔

有些事,就像扑火的飞蛾
暗夜里,豆大的一点光明
就以为,阳光普照了天下
就算身体燃烧,焦枯味弥漫
依然挡不住,后来者的冲动

有些事,就像镜面的污点
不擦,依旧能照见人的面容
最多,多几颗点缀的粉刺
一擦,镜面便变成了污面
毁损的是整个面容

有些事,就像夜里的月光
你若相信眼睛,真的以为
月亮自身能够发光,倒不如
蒙上你的眼睛,让思维
更接近心的观察

在湖边

阳光让冬日的时光慵懒
风停在银色的芦絮上
石头躺着，慵懒地望向蓝天

柳，一只脚探进了水中
落尽了秋叶的柳丝如发
浣洗的姿态蕴生水的温柔

湖面拥吻着阳光
湖心的羞涩是金色的
金色的背后躲着两只白鹭

帆船很远，声音很近
青苔依附着石块，随浪
舒展收缩如婴孩的呼吸

涛声就蜷缩在脚边
像爱人熟睡时的呓语
真切却又含混不清

平滑的卵石和空壳的白螺
聚在一起，渔歌是一壶茶
泡开的往事，有滋有味

泡在雨里的老街

端午和老街,泡在雨里
清晨与脚步,泡在雨里

菜场门口的那辆轮椅,老人满头白发
颤抖的手里,收音机唱着《常回家看看》
我不敢看你的眼神,父亲的孤独泡在雨里

超市的柜台,长长的队沿街排列
特价,比平时便宜了三毛的蔬菜
我不敢寻你的身影,母亲的俭朴泡在雨里

拐角的路口,褴褛的小身躯追在
小车的窗口,一只乞讨的小手伸着
我不敢牵你的手心,孩子的无邪泡在雨里

名牌的标签,一百块钱三条的裤子
嘶哑的叫卖,血腥的字眼
我不敢信你的大度,商家的诚信泡在雨里

泡在雨里,清晨与脚步
泡在雨里,端午和老街

闻见草香

日头，一块火红的炭
不期而遇的雨，浇下
江南的夏天便在桑拿里流汗
那些草籽，在汗滴的土里发芽

夏夜，我闻见草香
在透着薄薄清香的荷叶下面
在夜莺轻轻低吟的林子底层
在蛙鸣唱响的田埂边上

你驾着那袭田野的风而来
身体比风还轻
从我的身边走过
连一个影子也不肯留下

我听见，你摇曳的声响里
有农船划开水面的轻唱
有蝈蝈深藏在心里的歌声
还有那头白鹅咀嚼的陶醉

你在村庄的一角停下
听碎石路上流过的脚步
看屋檐下挂着的那串星星
任七月的萤火歇在额头

一轮打磨过的弯月
把你收割进了箩筐
日光下的曝晒
让村庄在你的体香里安谧

于是,我跌进那首童谣
顺着两行亲密的脚印
走进那个老牛拉着的山岭
寻觅那个草香一样的姑娘

雅安,我心头的痛

不敢翻开那张日历
那个日子属于雅安
烙着我心头的痛

清晨,雅安被魔爪撕裂
桃花一瓣瓣散落
跌进那潭清澈的水里
一丝一丝的殷红绽开

我被一个闪电击中
房梁和岩石将焚烧的五脏掩埋
黑暗里,我和雅安抱在一起
忍受剧痛,忍受窒息

不愿等待残缺的月亮
我怕见到一地的惨白
昨天的笑颜依旧清晰
今夜我却找不回来

阳光依旧会在明日赴约
我却走不出今天的日历
既然救不了一座山城
就选择和它一起疼痛

我只想,以我心头的痛
减轻雅安的痛
哪怕只有一丝一毫的效果

芦山,在灾难里挺立

四月二十日的八点零二分
芦山和谐的早晨被撕裂
生命脆若水滴,被浪抛向岩石
生命细若尘粒,被风卷向天边
毁灭在灾难来临之时诞生

一杯咖啡里品出的苦涩,很淡
一场春雨中感悟的伤悲,很轻
读懂生命的结尾,远比
读懂生命的开始,要难
毁灭的结果中孕育着重生

生命在生命的呵护里延续
生命在生命的救援中闪耀
每一双手,都可以成为
生命的接力,每一份爱
都可以凝聚生命的力量

从一束丝的坚韧里
诠释了生命支持生命的力量
从一片爱的坚持中
升腾了生命关注生命的温暖
灾难里,生命与生命这样接近

芦山,凝聚了太多生命的关注
芦山,汇聚了太多爱心的牵挂
芦山,依然在伤痛里坚强挺立

第四章 净 心

而我，在一片杏叶里读到自己
深蓝的梦与洁白的思绪离得真近
暖阳就在心里，交流是金色的

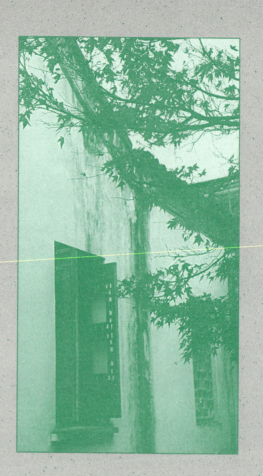

秋　意

秋意藏在那只独自留在枝头的
红柿里，只需麻雀轻轻一啄
成熟的甜蜜，便泉水样涌流

秋意站在那片白花花的苇絮上
只等一阵清风，酝酿了多日的
思绪，可以轻盈地飞扬

秋意隐在整座山岭中，一朝寒霜
将心中的热烈点燃，只要归雁一嗓
便如待嫁的新娘，盛装款款而来

秋意御着阳光，将蓝色演绎得
那么深邃，穿过严严实实的包裹
温暖一直可以深入心里，贮藏

秋意徜徉在那条林间的小道
与洁白的月光为伴，仔细翻阅
每一片落叶，串成长长的诗卷

秋意栖居在残荷丛里，再轻的
脚步，白鹭也要带你振翅飞翔
寻找静谧的荷塘，坐禅静修

秋意若即若离，就在前方等你
当乌发成霜心静如水的时候
把你的眼光洗得干净而透亮

秋　韵

一枚黄叶,在风里瞟了一眼日子
云就抬高了身子,北方的雁阵
以湛蓝作底色,尽情写意

一支枯苇,让堤岸多了一道皱纹
白鹭若无其事,荷塘却因你的背影
心底更加安静,更加清澈

一声鸟鸣,在金色的杏林里驻足
桂香就开始起舞,穿过月色
庭院沉醉在秋虫的吟唱中

一习秋风,在明朗里读出
一泓清水的纯净,一枚秋果
让枝桠感受着成熟的分量

寒冷的田野

归雁的翅膀一扇
蜷缩在北方的寒冷大举南下

田野里游走着刀光剑影
柔弱的温婉的晶莹的露珠被砍成齑粉
在黎明到来之前陈尸田野

冷冷的月光成了帮凶
用惨白掩盖了惨白
不让大地发出一声呻吟

软软的泥土刚强起来
锋利的棱角,将迎面而来的
西北风割得生痛

村庄抱成了团
簇拥着取暖
炊烟是一片片呵出的气息

麦苗背靠着背,沉默
根和我的脚一起伸向地心
那里,温暖从零下提上来

阳光悄然从身边走过
留下的目光意味深长

初冬的银杏

翻过季节的背书,我读到
北风的冷冽,将晨露的温柔
撕成满地的粉霜,月光在
一夜间,点化了青涩
你在初冬里将自己开放
开放成一朵金色的花
与天的蓝,地的白一起
定格

果子不再坚硬,遗传了
你的血性,在你手掌般的
叶间滑落,一滴血炸开
炸成一地的残阳,却紧紧
含住心的清白,不让飞鸟
啄食,此时的天空里
飞着金色的花瓣

天依然蓝,地已成了金黄
每一根枝桠,都不经修饰
鸦的聒噪,打不破你的沉默
你站立着,在自己的思想里
所有的愿望,在枝干里伸展
你在等待,等待一场雪
好让明天,在希望里发芽

与一棵古杏对视

初冬的寒意,折叠起
两瓣金色的杏叶,起飞
掠过我冰冷的脸颊,停在
脚尖伸出可以触及的地方

经历了四百年的目光
在寒意的背后看过来
阳光一样金色的潮,涌来
血液,在慈祥里温暖地游走

曾在春里,读过你的一片叶
季节长河里的一个逗号
淹没在,蝶翅和花香
写下的绚烂诗句里

夏的茂密,繁华了我的想象
你在我的视线之外,结了
许多青涩的果子,品尝繁华
倾听蚯蚓和蝉的低语与高亢

肃杀的季节,与你对视
每一片叶子,都是你的花
你是一枝,呈给季节的花
送来暖意,在最需要温暖的时候

寒风里,天女散花
我捧起一朵花,一片杏叶
一行最美丽的诗句,正用
平和的目光读我

赶夜路的雪

赶了一夜的路
月光不陪伴，星星不陪伴
刺骨的风送了一阵

黑黑的噩梦跟着
无助，逼迫散乱的疯狂
漫天寻找栖身之所

天和地，过了一个
揪心的夜，突然老了
花白的头发散了一地

早晨，一开门
扑进怀抱，心里的冷
在眼前战栗

掌心轻轻托起
温暖捂退了苍白
一滴泪，悄悄哭出

春天的心情

一朵桃花里,藏着十八岁的爱情
不顾春雨的阻拦,春风的规劝
大声表白,村庄羞成了粉红色

一座两百岁的祠堂和一棵古杏相伴
时光老得开不出鲜花,却让青石板
长出绿意,一对翠鸟的恩爱很婉转

一颗嫩绿的麦子,藏着青葱的梦想
露珠在阳光的诱惑里走失,汗珠
钻进泥土,已经和夏天签订了契约

一叶扁舟从冬天划来,划开垂柳
青青的倒影,与插着迎春花的小桥
偶遇,温暖的故事让小镇温暖起来

一盏绿茶将青春泡开,老烟斗升起
回忆,在一首心弦拨动的老歌里
那个珍藏的春天,被午后小心翻晒

对岸,撞见一树白玉兰

青春的心事很容易碎
碎成飘落一地的早樱
急匆匆地来,急匆匆地走
就算悲情,在回忆里依旧楚楚动人

那些爱情常常愿意与桃花结伴
羞涩有着粉红的本色
倒春寒是一场考验,很多热烈的爱情
与不打算孕育的桃花一样,败落

春风不言不语,在柳枝睡着的时候
轻轻撩拨,蜂蝶从来就没有定力
跑进花蕊里甜言蜜语,爱情独自来
独自离开,来不及失落惆怅

清晨避开喧嚣,以宁静做诱饵
在一片嫩绿里垂钓,一朵白云
跑来咬钩,被一声翠鸟的啼鸣拽起
对岸,撞见一树白玉兰

樱花雨

清风无意的一笑
思绪便飞扬起来
清晨,多了一地的心事

月光碎了,一瓣一瓣
以最轻盈的姿态着地
亲密的依偎,月亮也带不走

不化的雪,飘在春天里
每一枚,都含着羞涩
读懂一枚,就读懂了春心

一袭红云,翩然而至
将片片落英,轻轻捡拾
扉页里有了芬芳的诗句

樱花瓣

最后一朵樱花散了，为这个春天
送行，也为枝头绽满的新绿接风

一棵草接住了你的一枚花瓣
翡翠绿的头顶，多了一顶
白色的帽子，依旧带着春的味道

一阵风过，樱花瓣铺在
草的脚边，白色的句号
给自己，也给黑色的土地

雨伤感而善良，将你和
一段花事掩埋，时间
不紧不慢，漂洗尽你的苍白

你不再轻浮，化身为薄薄的
泥土，选择和大地一起沉默

破土的竹笋

一地的月光被你点破
蔓延了整片竹林
金钱草便聚在一起私语

春风,绊了个趔趄
叶尖打盹的露珠,惊醒
倏忽钻进了泥土

你,朝天噘起小嘴
脚尖,越踮越高
想与飘逸的清雾,亲吻

薰衣草

这个五月,在草尖上生长
紫色的心情蔓延开来
与蓝天对望

摁下快门也就摁下了记忆
紫色的记忆里,你在读
读这个五月,紫色的五月

紫色的五月,薰衣草
让山脚下的土地,透出
淡淡的忧伤

忧伤是紫色的,藏在
紫色的草丛里,你的脸
一朵紫色画板上的花

我赶不走,紫色的忧伤
紫色的五月里,多少草
被读成花,多少花被读成草

清明雨

静静地下,不是对你的宣泄
只是以自言自语的形态
表达内心

静静地下,不是要你的追思
只是以无声无息的姿态
洗涤沉默

静静地下,不是给你的润泽
只是以若隐若现的神态
研磨烟绿

静静地下,由着自己的性子
湿了季节,湿了江南
也湿了自己

荷香依旧

铺满池塘的荷叶,一件绿色的衣裳
粉色的、白色的、金色的笑脸
穿过炙热的季节,在一阵清风里嬉戏
朝霞的脚步很轻,远远地在天边窥视

花苞怀着羞涩的心事,藏在荷叶下
与一条路过的鱼偶遇,池塘的笑很弱
甚至没有弄皱水面,更没有惊动叶尖的
蜻蜓,时光随时断时续的蛙鸣起伏

盛开是最美丽的表白,迎着各色眼光
金色的花蕊里,托出金色的平台
淡淡的荷香萦绕,静候一颗心自愿登台
在莲心的苦涩里,品出涅槃的疼痛

一枚花瓣被荷叶托住,清丽的身影
在摇曳中散尽,一颗硕大的露珠像泪
停在绿色的掌心,彼岸的密码留在莲蓬里
如水的月夜荷香依旧,清新、清心、清醒

夏 夜

太阳顺着山坡回家
田野便松了口气
膨胀的热情开始消退
麻雀的嘈杂带着那片林子走向宁静

最好没有月亮，萤火虫那一点
羸弱的光，可以成为黑色舞台的主角
故事在那棵大桦树下流淌
天空里一双双眼睛偎着树梢很入神

童年在蒲扇的轻摇里
从奶香穿过了草香，睡在柔软的臂弯
村庄枕着山梁，融进那幅
江南的水墨画，在我的梦里若隐若现

饱满的稻穗

走过青涩,走过风雨
走过成长的历程,你把自己
最终定格在金黄色,金黄的谷粒
金黄的叶子,金黄的枝干
你选择阳光的色彩表达成熟
成熟,便是由内而外的阳光

经历飞花,经历夜露
经历月光里的浅吟与低唱
接纳春寒,接纳夏天的酷暑
接纳蛙鸣,接纳星光的孤独
你选择饱满的形态诠释成熟
成熟,便是思想绽放的饱满

面对白云,面对蔚蓝的天空
面对秋风,面对飘零的秋叶
你低头注目,注目依旧清晰的
犁痕,注目脚下黑色的泥土
你选择感恩的姿态演绎成熟
成熟,便是内心回馈的感恩

走进深秋

那些陈年的往事,是我的
秋叶,忧伤已经沉淀
泛黄的记忆,被秋风翻阅

霜打的日子,只在黎明之前
和寒星的眼神一起,遗失在
与草茎一样暴露的脉络中

苇絮不愿错过,飞雪样的诗情
织进围巾,秋水般的眼睛
绵柔了码头,让送别有了醉意

夜很静,可以想起很多细节
就像池塘找回了清晰的月亮
揽入怀里仔仔细细地打量

这是不想被打扰的时刻
雁阵早已经走过,秋虫跟
麦粒一起,于厚土之中静思

山在风雨之后,一改低调
将多彩的内涵展现,村庄在挂满
柑橘的枝头上,沉稳而丰硕

而我,在一片杏叶里读到自己
深蓝的梦与洁白的思绪离得真近
暖阳就在心里,交流是金色的

醉人的桂香

假如你开在春天里
那个姹紫嫣红的季节
你必定争不过洁白的玉兰
那是云朵在枝上栖息

你必定争不过笑面桃花
可以让整个季节含情脉脉
你也必定争不过灿烂的樱花
满地的落英让大地垂泪

她们与蜂蝶为伍,不屑
注目一片成熟的叶子
而你,选择与秋风为伴
悄悄地挤进秋叶之间

以月光为料,用晨露作引
酿就醉人的桂香,让每一片
飘零的秋叶透着从容和安详
一醉不醒

明净的月光

透过你，我可以望见
弯弯的小路，那个山村
村里住着的童年和少年

透过你，我可以看见
跟你一样花白一头的母亲
村口伫立，等候的眼神

透过你，我可以觅见
院后那枝老树星星点点的
柿子，醉在秋虫的呢喃里

透过你，我可以梦见
小桥流水，白墙黛瓦
浮着白云，浮着乡愁

只有星星的夜晚

只有星星的夜晚
我羡慕从苇子叶尖走出的那阵轻风

即使贴近了河塘那张宁静的脸
也不惊动荷叶尖尖的那滴露珠

我听见很薄的呼吸,薄得就像
那枝微微绽放的荷花散发的香味

这样的时刻,我的思想很轻
轻得可以驾驭那阵轻风

从你嘴角的微笑
一直走进你的梦里

只有星星的夜晚
我羡慕流过林子的那缕清雾

即使站在树冠的顶点来跳舞
也不发出一丁点声响

我看见很甜的梦,甜得就像
偎在树梢的星星眨出的笑意

这样的时刻,我的心绪很静
静得可以攀住那缕清雾

送给你两声夜莺的委婉
作你侧身的旋律

竹海里的蝴蝶

除了绿，还是绿
盛夏的竹海在风里
掀起一层一层喧嚣的浪

浪的底下是一汩汩翠绿的流
修长的竹竿就躲在流的背后
聚集海底，一泻千里的瀑布

我，就在海底
被绿重重地包裹
找不到一朵绽放的花

我看见，竹海里的蝴蝶
被山里的清风灌醉
曼妙的舞步和御风的竹叶媲美

我们在海底相会
你停在我白色的衣袖
我凝视你灰色的羽翼

我们一起躲避嘈杂和混沌
和那块岩石一起，倾听
小溪快乐的脚步从身边迈过

你的翅膀是两扇一闭一合的门
关上，我们在绿色里小憩
打开，绿色随我们徜徉

微 笑

心里的那份真诚
依在绽放的花瓣上
微笑

卑怯躲在树叶的背后
把阳光搓成一根根丝线
结网

在真诚和卑怯之间
绿色的血液漫过枝干
流动

等待像触角一样伸展
驱开梅雨一样郁结的思绪
招手

融化不需要热度
只要一点点的温柔隔着窗
微笑

关于冬天(组诗)

题记:那些冬天的物事,潜入记忆,被诗化了。

雪　花

因为寒冷,你变得纯洁
因为纯洁,你想让这个世界
纯洁,可阳光只用了一个
温暖的词汇,你便泪水涟涟
把初衷忘得一干二净

北　风

你站在枝头嘶吼,在田野嘶吼
对着村庄嘶吼,声嘶力竭
你想把每一个孩子唤回家里
想让父母赶紧关上每一扇窗户
你真的担心,身后的寒冷
冻伤这个世界

冰　凌

你是寒冷与温暖结合生下的婴儿
多给你一点温暖,你就柔情成水
多给你一些寒冷,你便硬如铁石
你调皮地倒挂在我的屋檐,透过窗户
用可爱的眼神,窥视我的心事
我却不知道,怎样才能把你养大?

包　裹

毛衣,皮衣,厚厚的棉衣
口罩,围脖,毛绒的帽子
将自己严严实实地包裹
寒冷被阻隔,与外界的交流
也被阻隔,冷漠却无法阻隔
若乘虚而入,心就真的冷了

冰　河

阳光唤不回,白云更唤不回
究竟是什么样的力量,使你
下这样的决心,让车流过去
让人流过去,甚至让那群
小羊过去,而你在北风里
甘愿被这样冻住,自己无法过去

蜡　梅

大雪的江南,极简
一笔白一笔黑,就能画尽

若不是,月光编织的小小灯笼
串缀成的一枚金色头簪

若不是,留下依然浓郁的
一缕芬芳,我怎会知道

昨夜,你已然来过
轻轻卷走了我的江南

在田野里呼吸(组诗)

与林子交心

靠着湿地,我坐在你的中间
惊动了在花蕊里沉思的蝴蝶
你用一阵清风,轻轻托住

我的歉意,被两片叶子婉拒
你欠了欠身,依旧保持沉默
接纳,如不远处的那只白鹭

你用清新的空气与我交流
将我的内心,一层层剥开
播下平和的种子,发芽

绿意一粒粒,从你的额头爆出
在我的眸子里,汇聚成河
我的脚开始生根,与你在土里深谈

与星星对视

蛙鸣的温暖,让春夜浮起
星星跳过树丛,在头顶与我对视

对视拉近了,你我的距离
也拉近了,与天空与大地的距离

在你的目光里,暗夜开始沉静
我的呼吸纯净,不再拘束

你我之间，没有阴霾
更不需要风，带走隔阂

与村庄相约

我的记忆，停在老榉树的枝桠
我的乳名，含在村庄嘴里
我的乡愁，淌在小桥流水间

把村口的叮咛，嚼了又嚼
将黛色的老屋，望了又望
沿青石的直街，踱了又踱

再也走不出，关切的目光
再也忘不掉，苍翠的庭院
再也放不下，浓重的乡音

我成为村庄放飞的风筝
村庄成了我牵挂的心病
那帖除病的药在路上奔波

5

第五章　修　心

我的心田不再荒芜,诗歌似草
铺满了我的田野,虽然我的来路
淹没在黑夜里,虽然我的前路
躲藏在黑夜里,我却不再害怕
在黑夜里行走,繁星浩瀚,心灯璀璨

心 灯

黑夜是我心田肥沃的土壤
青草的青,碧水的碧,蓝天的蓝
我精心采集的种子
把风里的寒、雨里的湿、霜里的冷
轧成齑粉,混合成撒进田野的肥

心路穿过黑暗,进入更远的黑暗
思想扎根黑夜,深入更深的黑夜
月光漂洗的心田,喧嚣走进孤独
黑夜的黑,掀掉了所有的伪装
我的梦,在寂寞里痛醒

回忆春的温暖,多了一分温暖
追寻花的芬芳,添了一分芬芳
与黑夜对话,以沉默对抗沉默
我犁出一片地,破土而出的星光
一个美丽的词汇,我的一分收获

我的心田不再荒芜,诗歌似草
铺满了我的田野,虽然我的来路
淹没在黑夜里,虽然我的前路
躲藏在黑夜里,我却不再害怕
在黑夜里行走,繁星浩瀚,心灯璀璨

放　过

河流放过了冰凌
群山放过了积雪
我放过了皲裂的痛、麻木的冻
放过了寒冷,放过了冬天

放过寒冷,我走出了寒冷
放过冬天,我走出了冬天
冰凌花和雾凇林,晶莹璀璨
就把它留给冬天吧

春　花

一朵花盛开,就代表一个春天
夏天里的春天,冬天里的春天
甚至春天里的春天,只要
愿意盛开,随时都是春天

错过的春天,已经不是春天
我不愿意再等下去
想要投入原野的怀抱,采摘
野花的种子,撒进我的心田
我不愿意错过,下一个春天

心 痛

在一滴晨露里
我看到了浑浊的自己

在一阵清风里
我看到了世故的自己

在一朵白云里
我看到了束缚的自己

在一池清水边
我看到了污染的自己

在一棵青草边
我看到了卑微的自己

我的心里住着想要的自己
想要的自己成了我的心痛

宿　命

饭桌是那只鹌鹑的宿命
孩子是那双养鹌鹑的手的宿命
读书又是孩子的宿命

吃是我的宿命,选择放生
最多改变了那只鹌鹑的宿命
我却改变不了那双手的宿命
更改变不了孩子的宿命

我,甚至无法改变我的宿命
那包方便面,成了拯救
那只鹌鹑的宿命

冬天是田野的一种心情

冬天是田野的一种心情
拥抱收获后,空空的怀抱
需要一场雪,将落寞的心情和
割裂的伤口,密密地包扎

风,割下枝头的最后一片黄叶
已经了无牵挂,卷起的思绪
被冰牢牢地冻住
成为不堪翻开的记忆

寒冷,从草尖晶莹的泪滴
化成花白的霜开始
萝卜和青菜很艰难地生存
和大地的依偎,让心甜蜜

树林,已藏不住鸟影
与村庄的恋爱却很执着
两声雄鸡的啼鸣,叫醒
一柱柱炊烟,很温暖

那些喧嚣和嘈杂归于平静
深深的土层下有生命
更深层次的思考,阳光
轻轻地点拨,很智慧

只有蠕动的根须知道
坚硬的泥土已经酥化
两瓣稚嫩的叶子
悄悄将田野的荒凉,撕开

在一朵荷花里清醒

季节被一朵雪花催眠，温暖
被冻住，成了铺路的冰碴子
亲情被一枚冰冷的铜板撕裂
冷酷雕塑的城堡，剔透晶莹
眼睛被璀璨迷醉，脚印引进去
心一点一点被寒冷浸润

诱惑从一朵桃花里走出，贫穷
搀扶着伤病，被挡在了门外
一条铺满鲜花的路，一直通向
山顶，那里住着富贵与权势
没有人扒开鲜花，悬崖就在旁边
每一个台阶下，无数赤裸的肩膀

苍翠的外表，掩盖住燥热的内心
婷婷的荷花，从欲火的背后走来
点醒每一缕趟过的风，与锦鲤一起
静下心，看金色的莲台从花蕊升起
让炙热的欲望坐进去，莲心的苦涩
化开心中的郁结，荷香打开清新的窗

洗涤过的灵魂很轻，离彼岸很近
一枚荷花的花瓣就可以渡过，美丽
开始消散，最后一枚花瓣被清风摘下
荷花走得很干净，留下长满慧眼的莲蓬
静待不再膨胀的日子，穿过尘俗的迷雾
给逐渐清醒的季节，指一条路

复活的贝壳

你的天空,便是沙滩
无论前世,经历了
怎样的磨难,现在
你是沙滩上的星星

可以,看婆娑的椰树跳舞
可以,听起伏的海浪歌唱
可以,摘下那轮光洁的月
在波光里,约会

此刻,我想把心
交给你,复活的你
会写下怎样的诗句
把前身与现世,相连

与海浪的距离

心有潮汐，我在沙滩
涂抹，沙滩便有了
我的潮汐

即使，我心境平和
两行深深浅浅的脚印
依然留给了沙滩

而你，心里装着滔天的
潮汐，留给沙滩
了无痕迹的，平静

今夜，你抹去了
我的潮汐，面对沙滩
我测出了，与你的距离

沙漠驼铃

头顶着一片蓝色的海
脚踩着一片黄色的海
越往里越像一颗细小的沙粒
内心却装满了湛蓝的颜色

语言很苍白,分量重不过
含着轻沙的风
驼队踩着铃声,穿过寂静
走向更远的寂静

我听见,一首旅程上的歌
一段不需要文字的旋律
承载着内心深处的希望
一步一步迈向,沙漠深处

风抹平了前行的脚印
身后留不下一丝跋涉的痕迹
只要歌还在唱
路就会向前延伸,延伸

暗　香（组诗）

暗　香

点一盏灯,深秋的夜里
我把黑暗,关在窗外
一片昏黄,把我笼罩
在暗夜的万籁里,摇曳

窗外,桂树隐在暗影里
桂香穿过夜凝聚的黑
穿过我紧闭的窗
闯进来,无声无息

我在灯影里,借着光
因为我的心里,不够亮堂
你在黑夜里,传着暗香
因为你的心里,没有黑暗

荒　地

杂草那样肆无忌惮,长在
被城市遗弃的角落
繁华在灯红酒绿里摇摆
不愿走进秋意肃杀的荒地

我在阳光里翻开,草皮
厚实的扉页,一只蝗蚱
起飞滑翔,一只蚂蚁
拖拽着一颗草籽,回家

不敢下手,昆虫的天堂

一台微型音乐会,在夜色里
上演,把相聚的心情
用最自然的方式表白

残　荷

此时的荷花,早已老去
脱落了莲子的篷,一排排
空洞的眼睛,干枯而静寂
让秋水的目光,变得冷冽

没有一支笔,愿意为你
着墨,没有一首曲
为枯黄的你,谱出清雅
你已注定,与淤泥同穴

我却惊异,荷塘脱俗的
主角,夏日清凉的使者
那根秋风里凋零的残荷
竟是你留下的全部遗产

秋　雨

西北风一起,就彻底失望了
越下心里越冷,越像眼泪
直到露珠化成霜,霏雨化成
漫无边际的雪,流浪

无可挽回,你选择拒绝
无论风如何呼号,就像当初
秋叶无论思绪如何地漫舞
北风,依旧选择无情地横扫

我知道,你已不再掩饰

把心里的冷和泪一起宣泄
唯一能治你的药,阳光
却躲在云的背后,不肯见你

心　结

需要说什么吗,秋已经很深了
我的心里还藏着,一场春雨

思念阳光,思念晴朗的天空
天空里,那道彩虹

落叶与秋风,无法挽出
只能在我的心里沉淀

打开心结,只需要慢慢蒸发
选择合适的角度与阳光相遇

面对雕塑

此刻,我与你站在一起
心却无法靠到一起

你的思想,就在眼前
可以跨过路过的风
却跨不过脚下的一棵青草

我的思想,藏在身体里
因为飘忽不定的风
不敢轻易暴露,你看不清

打碎我的身体,很容易
我的思想却似践踏过的草
依旧选择昂起头颅

打碎你的思想,很容易
只要打碎你的身体,废墟
就能将你掩埋

欣赏你,欣赏别人的思想
看到你,看到思想的轮廓

残 云

幽幽的红,血的腥味
曾经的梦想,圆满而诗意
风轻轻剪过
一丝一缕的落英随水而去
只剩下一颗残缺的心
还在天边张望

淡淡的乌,情的忧伤
曾经的蓝天,高远而空旷
夜张着巨嘴
一口一口地将明媚慢慢吞噬
只留下一段嚼不烂的往事
在记忆里风干

点点的白,世的虚空
曾经的纯洁,高贵而庄重
落日轻轻地一戳
一条一条的皱纹撕裂丰腴
只撇下一张失血的脸
在黄昏里老去

火

点不着，或者
一点就着

点不着，因为
心是湿的
湿的心，或咸或甜
燃烧，在另外的世界里
看得见，却走不进

一点就着，因为
心是干的
干的心，或苦或燥
寻觅，在同一个世界里
看得见，却摸不透

点，还是不点
要么一念之差
要么一厢情愿
着，或者不着
先着的，是自己

等待一场雨

春天里,我在等待一场雨
花团锦簇在一夜之间散去
我可以安静地成为一片绿叶
站在枝的肩膀和果的身旁生长
让四季去读出我的厚度

春天里,我在等待一场雨
不是洗涮亲人离别的苦痛
我愿意静静地读坟头的新绿
那是农民父亲与土地对白的精彩
够我用一生去理解和品味

春天里,我在等待一场雨
灌满走过的深深浅浅的脚印
我乐意走进温暖的阳光里回眸
希望有一朵野花悄悄地盛开
芬芳的足迹里我再添一丝微笑

春天里,我在等待一场雨
记忆的村庄从雾霾里走出来
我甘愿成为一尾悠闲的鱼
听小河把恋曲弹得那么清澈
看粉墙黛瓦在青山的怀里瞌睡

春天里,我在等待一场雨
一场可以将心浇透的雨
我渴望洗去都市里沾染的尘埃
与山野的风一样直接,林间的
水一样纯净,老农的笑一样质朴

我在等待,春天里的一场雨

脚下,长满我的憧憬

曾经,我到处寻找
一处可以承载我憧憬的地方
如今,我于这一处
发现了我到处寻找的憧憬

我向往过飘飞的柳絮
轻依着风,把蓝天和白云
当作挥洒自由的典范
可一滴雨就把我的思想击落

我向往过汹涌的大海
借着雷霆,把淤积于胸的愤懑
向每一块岩石诉说
可岩石的目光永远投向海的对面

我向往过温暖的阳光
冰天雪地,曾无助地呼喊
不要冻伤了负重累累的心灵
可暗夜依旧按它的节律降临

我把所有的目光,载上憧憬
投向别处,想象着春天
想象着山花烂漫,想象着秋天
想象着硕果累累

夏日,我得到了汗流浃背的答案
冬日,我收获了冷若冰霜的结果
绝望,将我的目光拉回脚下
脚下,长满了我在别处种下的憧憬

那棵树,秋日里金色的思想
和蓝天白云握手
粗壮的枝干把脚下的大地
深深地紧握

那棵草,被晨霜打枯了经络
深情的目光,不曾漂移
沐风栉雨的胸口,依然
紧紧地贴着大地

那只蝉,不奢望阳光的庇护
早早地用泥土把自己埋起
任凭霜雪覆盖
血脉牢牢地与大地相连

这里,春天捧出了山花烂漫
这里,夏天唱响天籁般的情歌
这里,秋天收获了累累硕果
这里,冬日生长暖融融的希望

曾经,我到处寻找
一处可以承载我憧憬的地方
如今,就在脚下这一方土里
长满了我到处寻找的憧憬

后记

　　诗歌创作是灵魂的创作，是将灵魂融入事物、感悟事物，然后赋予事物以灵魂的过程，需要达到物我相融的境界。读者借由诗人笔下的一个个意象，可以直达诗人的内心，感悟诗人的思想。因此，作为一个普普通通的诗歌业余爱好者，我对于诗歌的殿堂一直怀着膜拜的心态。我只有通过不断地纯洁灵魂，不断地用内心感悟世界，以期望离诗歌的殿堂之门近些，再近些。

　　我心目中的诗歌是美的。就表达形式而言，诗歌是语言表达的最高境界，诗歌的语言应该是最精彩、最美的。通过美的文字，美的角度，构筑一个个美的意象，引导人们走进美的意境，产生美的共鸣。就内容选取而言，诗歌应该将一切蕴含着美的事物和情感，作为讴歌的对象。通过对现实的发掘，抓住美、感悟美、展现美，引导人们欣赏美、追求美、弘扬美。当然，那些以鞭挞丑恶为内容的诗歌，本身就蕴含着作者对美的孜孜以求，也应该属于美的范畴。

　　美的诗歌要有美的灵魂作支撑。诗歌的灵魂其实就是创作者的灵魂。创作者的灵魂是躁动的，创作出的诗歌就是躁动的；创作者的灵魂是安宁的，创作出的诗歌之中自然就会透出平和之气；创作者的灵魂浸润在事物和情感的美中，创作出的诗歌才会被赋予美的灵魂。对于我而言，诗歌是圣洁的，诗歌的殿堂是圣洁的，我只有一遍遍地清洗自己的灵魂，一次次地找到那个最纯朴和最本真的我，去感悟事物，我所赋予事物的情感才是最纯朴、最本真的。在我看来，最纯朴、最本真的东西应该是构成美的最重要的元素。

热爱诗歌，并为此辛勤地耕耘。不在意自己能不能成为一个诗人，只在意通过我的双眼，发现身边存在着的美。让灵魂在美中得到滋养，让那些与灵魂连着的文字，可以成为一朵朵盛开的野花，给田野增添一抹哪怕是微不足道的美意，也就足够了。

《在田野里呼吸》正是我 2011 年至今利用业余时间进行诗歌创作实践的产物，虽然其中多数诗歌已经散见于各类媒体，但仍难免有青涩之处，好在一物一景或感或叹所以成诗均源自于心。结集出版对本人诗歌创作而言，既是回顾，更是接力，以祈愿在感知美、挖掘美、表现美的路上走得更自信、更持久。

特别感谢我的老领导、安徽省硬笔书法家协会主席薛祥林老先生为本书题写书名。

图书在版编目(CIP)数据

在田野里呼吸 / 许大伟著. —镇江：江苏大学出
版社.2019.6(2024.4 重印)
　　ISBN 978-7-5684-1131-8

　　Ⅰ．①在… Ⅱ．①许… Ⅲ．①诗集－中国－当代
Ⅳ．①I227

中国版本图书馆 CIP 数据核字(2019)第 103051 号

在田野里呼吸
Zai Tianye Li Huxi

著　　　者/许大伟
责任编辑/徐子理　顾正彤
出版发行/江苏大学出版社
地　　　址/江苏省镇江市京口区学府路 301 号(邮编：212013)
电　　　话/0511-84446464(传真)
网　　　址/http：//press.ujs.edu.cn
排　　　版/镇江文苑制版印刷有限责任公司
印　　　刷/北京一鑫印务有限责任公司
开　　　本/889 mm×1 194 mm　1/32
印　　　张/5.5
字　　　数/120 千字
版　　　次/2019 年 6 月第 1 版
印　　　次/2024 年 4 月第 2 次印刷
书　　　号/ISBN 978-7-5684-1131-8
定　　　价/48.00 元

如有印装质量问题请与本社营销部联系(电话：0511-84440882)